俳句名人になりきり100の発想法

ひらの　こぼ

草思社

俳句名人になりきり１００の発想法

目次

第一章　得意ジャンルを作る

第二章　十八番の技を磨く

第三章　個性を打ち出す

第四章 テーマを持つ

第五章 俳句の作劇術

はじめに

俳人の代表句を挙げて鑑賞するといった本はあれこれ出版されています。本書はそういったタイプの入門書ではありません。100人の俳人を選び、それぞれの俳人から具体的に「なにを学ぶか」を定め、テーマに沿って例句を選び「どう発想するか」を考えてみようという趣旨でまとめています。

お気に入りの俳人の世界にどっぷりと浸かる

その俳人の得意技や個性などに的を絞っています。どっぷりとそれぞれの俳人の世界に浸って、まるで自分がその俳人になったかのように試作してみる。そんな練習法に挑戦してみてもいいかもしれません。

俳句上達の秘訣は「気に入った俳人に徹底的にのめり込んで、その句風や俳句に関する考え方を自分のものにすること」だと言われます。本書で「これは自分の作りたい方向の俳句だな」と感じたら、ぜひその俳人の句集や評論・エッセイなどへ読みすすんでみることをおすすめします。

超豪華講師陣によるワンポイントレッスン!

芭蕉から現在活躍中の俳人まで100人。できるだけ方向性の違う多彩な俳人を選んだつもりです。そんな超豪華講師によるワンポイントレッスン。初めから順に読んでいただいてももちろんいいわけですが、ぱらりと開いたページや気になったタイトルの項目を気儘に読んでください。

俳人ごとのテーマに沿った代表的な五句のほか、それぞれの句と同じ方向の例句を三、四句加えて紹介しています。合わせて二十句前後。ひと通り句を読めば、だいたいのコツをつかんでいただけるのではないかと思います。

得意ジャンルと技を磨く。そして個性づくり

本書の構成は五章立てになっています。第一章は「得意ジャンルを作る」という提案。料理、旅行、歴史などを切り口にしたレッスンです。第二章は「十八番の技を磨く」。多彩な表現テクニックをマスターしていただきます。第三章は「個性を打ち出す」。個性あふれる小林一茶から最近の人気俳人まで二十二人の俳句を参考に「自分の個性ってどういう方向で打ち出せばいいか」を検討しましょう。

第四章は「テーマを持つ」。テーマを定めて詠むというのも個性的な句づくりにつながります。第五章は「俳句の作劇術」。ここではドラマティックな句をどう詠むかを学びます。

あなたの俳句上達に「この一冊があれば文字通り百人力だ」となればこれにまさる喜びはありません。さあ、ではレッスンをどうぞ。

例句掲載に関して………

発表当時に正字体（旧漢字）を用いた句についても、本書では、適宜、新字体に換えて掲載しました。文中に引いたオリジナル作品にふりがながない場合も、難読字等にはふりがなを記しています。掲句の難読字については、句の下の（　）内に読み方を示しています。

第一章

得意ジャンルを作る

たとえば料理や旅行、音楽など…。
自分の趣味にまつわることを
意識的に俳句の素材にしてみましょう。
好きこそものの上手なれ―。
めきめきと腕を上げること、請け合いです。
歴史や人生観など、自分でジャンルを
決めて集中的に作るのもいいですね。

1 草間時彦……食いしん坊俳句を極める

「秋鯖や上司罵《ののし》るために酔ふ」「金魚赤し賞与もて人量《はか》らるる」などがサラリーマン俳句ということで話題を呼びましたが、〈食いしん坊俳句〉ということでも草間時彦の右に出る俳人はちょっといないんじゃないでしょうか。ではどう詠むか。

大粒の雨が来さうよ鱧の皮　（鱧＝はも）

まずは**季節感をどう出すか**です。〈いかにもその頃〉といった情景を切り取ること。この場合は天神祭が間近なある日の夕立でしょうか。「鱧食べて夜がまだ浅き橋の上」は夏の夕暮れどきのそぞろ歩きです。「菊なます口中冷えて来たりけり」は秋も深まっての晩酌。

早春やすみれの色の砂糖菓子

日本料理は目で食べると言いますが、**色に的を絞って詠む**のも食べ物俳句の骨法です。このように季節感のある色合いを中心にして句の全体のトーンを定めます。「白妙の湯気の釜揚うどんかな」は冬の季節感たっぷりに白でまとめました。

きじやうゆの葉唐辛子を煮る香かな

「新牛蒡《ごばう》油は胡麻の匂ひけり」。**香りを詠む**。そのものでなく炒め油や醬油の香りを詠むことで葉唐辛子や牛蒡のおいしさを際立たせました。「牡丹鍋よごれし湯気をあげにけり」。少し煮詰まってきたのかもしれませんが、いまが食べ頃です。

コンソメを冷やす時間の月見草

調理する時間の流れと季節の移り変わりと…。で、どんなもの思いのひとときかというのが詩になります。ほかに「スープ煮る腰高鍋の去年今年《こぞことし》」「とろけるまで鶏煮つつ八重ざくらかな」など。料理や調理法によって、そのときの作者の気分まで伝わってきます。

さうめんや妻は歌舞伎へ行きて留守

食べ物で情景を浮かび上がらせる。この場合は「素麵でも茹でるか」という留守居のひとりの食事。小道具の「素麵」が利いています。「通夜の鮨まぐろが赤き夜寒かな」「どぜう屋に席を見付けし祭かな」もまるで映画のワンシーンのような句。

2 桂信子……光と影を詠む

「ゆるやかに着てひとと逢ふ螢の夜」「ふところに乳房ある憂さ梅雨ながき」など清潔な色香のある句で知られていますが、実は桂信子は「ひかりを詠む俳人」でもありました。句づくりのモットーは「表現は平らかに、内容は深く」。

窓の雪女体にて湯をあふれしむ

月光に照らされた雪明りが窓から差し込みます。「いなびかりひとと逢ひきし四肢てらす」。こちらは帰ってきて窓辺に座り込んだところでしょうか。**自らへのライティング**でそのときの情感を表現しています。「やはらかき身を月光の中に容れ」はソフトフォーカス。

衣をぬぎし闇のあなたにあやめ咲く

まるで**舞台演出のスポットライト**のようです。「白昼のくらきところに曼珠沙華」では逆に影の部分を強調しました。「中空にとどまる凧も夕陽浴ぶ」「闇に泛《う》く日本列島去年今年《こぞことし》」「裏町の泥かゞやけりクリスマス」など、強調したい部分へフォーカスします。「蟇《ひきがへる》　大きな月がうしろより」は逆光で蟇に焦点を当てました。

湯上りの肌の匂へり夕ざくら

艶があってしかも品格がある句。淡い光も感じさせます。「部屋部屋のうすくらがりや沈丁花」「わが影の起き伏し庭に桃散りて」「鏡面のひととき暗し鳥帰る」「箱庭の釣人ひとり暮れて佇《た》つ」「寒灯や蒼白の手のうらおもて」なども**俳句による陰翳礼讃**です。

ナプキンの角に日あたり牡蠣料理

白が基調の句が多いのも特徴です。品格の高さはそのあたりから来ているのかもしれません。「白き粥かがやく雛の日とおもう」「燈台の白染める陽よ多佳子の忌」「便箋の白に日あたる冬座敷」など。**情感があってしかも格の高い句**です。静かな時間が流れます。

白昼の風ふきかわる蛇の衣（衣＝きぬ）

枝にかかった蛇の衣がきらりと光りました。「秋風を来て鼻筋の通る馬」「象の皺ゆっくりと見て春隣」「水尾やがてさざなみとなる鴨の池」なども**光を感じさせる句**。

3 波多野爽波……日常些事が面白い

日常茶飯の中からひょいと切り取った事柄がユーモラスな出来事に変わったり、なんとも詩的に思えてきたり…。そこが俳句の不思議であり、奥深さでもあります。「神はディテールに宿る」とも言います。では「瑣末《さまつ》」を「詩」に変えてしまう錬金術とは？

炬燵にて帽子あれこれ被りみる（炬燵＝こたつ）

普段、**なにげなくやっていることに「俳味」**が潜んでいます。「いろいろな泳ぎ方してプールにひとり」。よくあるシーンですが、こうして俳句にされると、なんとも**とぼけた味**が出てきます。「靴はいてから屛風絵を今一度」「次の間へ歩きながらに浴衣ぬぐ」も同じ。

脱いである縕袍いくたび踏まれけり（縕袍＝どてら）

次に**身の回り**を眺めます。「西日さしそこ動かせぬものばかり」「日盛の柳行李をまたぎけり」など、部屋の中には句材が結構あるものです。「戸袋にかくれゐる戸や冬の空」のように見えないものを詠んだり、「白靴の中なる金の文字が見ゆ」と靴の中を覗いたりもします。

大金をもちて茅の輪をくぐりけり

自分のそのときの状況を句に詠み込みます。「腹具合怪しけれども舟遊び」「宿酔ながらに厄を落しけり」「金策の目で苗木市通り抜け」「風邪の身の大和に深く入りにけり」。思わず表情が頭に浮かび、読み手が「クスリ」と笑ってしまう、そんな句です。

冬空や猫塀づたひどこへもゆける

そういえばそうです。どこへでも行けます。「茎といふ大事なものやさくらんぼ」。ふっとそんな**愚にもつかぬこと**を人は考えているときがあります。それを句にしてしまいます。「金魚玉とり落しなば鋪道の花」などとあらぬ想像をしてみたりも…。

腕時計の手が垂れてをりハンモック

「砂日傘さつきの犬がまた通る」「鳥の巣に鳥が入ってゆくところ」。**ぼんやりとした視線がとらえた景色**です。いかにもけだるい感じが出ています。「盆梅のそばにカチリと指輪置く」「巻き尺を延ばしてゆけば源五郎」などは**はっと思った瞬間の切り取り**。

4 山本洋子……水のある風景

清新な句風の作者ですが、なかでも川や海、雨など、水をモチーフにした句が印象に残ります。日本画を思わせるようなシンプルな構図、心鎮まるような静謐感、落ち着いた色合いのまとめ方などが特長です。おだやかな句の調べも参考になります。

酒蔵で道折れ曲るしぐれかな

「一の鳥居すぐ二の鳥居秋の雨」。雨の中を歩けば風景に余韻が出ます。「みづうみに向く姿見や雛の雨」では**雨の風景**に姿見の額縁を付けました。「盆の雨畑の人をぬらしけり」と人を点景としたり、「夕立のはじめに潮の匂ひけり」などと匂いをからめたりもできます。

若葉雨渡り廊下にしぶきけり

雨そのものを詠みます。「ひとしきり太き雨くる城の秋」「青芦に雨の矢白き祝事あり」などでは雨脚が主役になっています。「秋蝶のもつるる雨となりにけり」では秋蝶を配して雨脚を強調。「宵待の雨粒つけて杣《そま》もどる」と、雨に濡れた人も句材になります。

船着場ある大寺や桐一葉

川を詠むのならやはり大景。「出水川《でみづがは》平家部落を貫けり」「蛍川門前町を流れけり」など、特徴のある村や町を詠み込むのもいいでしょう。「春鮒を釣りつつ伏見下りけり」と舟で下ったり「対岸の桃に色くる栄山寺」と川向こうを詠んだりもします。

落椿のせたる水の走ること

「早き瀬に立ちて手渡す青りんご」「菜の花に触れて鞍馬の水激し」。**背景としての川**、なかなかいい脇役です。「花嫁のほどもなく来る芹の水」は初々しいイメージ。「片足は流れの中に芋茎《ずいき》剝く」「川風に羅《うすもの》吊るす衣桁《いこう》かな」などもいかにも爽やかな取り合わせです。

白菊の在所に入れば波の音

今度は海です。「白菊」と「海の蒼」を「音」でつないで対比しました。「鳥居立つ波打際や鰤起《ぶりおこ》し」は鳥居の赤が利いていいます。「岩ひとつ白波あげて後の月」。**「白波」もいい役者**です。「島までの白波見ゆる芋の秋」「白波の渚一里や煤日和」はスケール感たっぷり。

5

上村占魚……呑ん兵衛俳句

「あるだけの酒くみ寝ぬる雨月かな」。俳句ばかりでなく書や陶芸などにも多才な作者ですが、かなりの酒豪でもあったようです。うれしいことがあった。誰かが訪ねてきた。いい肴が手に入った。さあ祭だ。雪が降った。なにかにつけすぐに「酒だ」となります。

酒に舌洗ひすすろひゐる酢牡蠣

「啜《すすろ》ふ」は何度か啜ること。**「ああ飲みたい！」と思わせます**。「飯蛸《いひだこ》の垂《たれ》もろともにむらさきに」「河豚さしの花の大輪はがし食ふ」。いい酒にはやはりいい肴。「酒よろしさやゑんどうの味も好し」とお酒がすすみます。「鼻の奥より鰭酒の利いて来し」もいかにも呑ん兵衛の感覚。

雪の日をとある宿場に酒のんで

お酒は**ドラマの名脇役**でもあります。「ちぐはぐのこころに夜寒酒しみる」「嘘吐きし舌に薬味の葱ひびく」は少しほろにがい場面。「逢はざりし日のつぐなひの温め酒」「しづかなる二日ふたりの祝膳」というようなしっとりとしたひとときもあります。

泥鰌食ふべく家を出てより大股に

もう待ちきれないというところでしょう。**酒飲みの性**《さが》。「野蒜《のびる》掘る今宵の酒をたのしみて」と、とにかく酒のことが頭を離れません。「酒量凜凜《りんりん》立春大大吉」。御籤《みくじ》が「大大吉」だったりするともう大変です。挙句の果てに「本あまた銭とかへたる春夜かな」となります。

正月のあしたへ朱盃洗ひけり　（朱盃＝しゆはい）

元旦のお屠蘇、**祝い酒**です。「カラカラは沖縄《うちなあ》の酒器年を祝《ほ》ぐ」と酒器を上手く使って詠むとおめでたい気分が出ます。「本復の体に年酒なみうてり」。お正月だから今日くらいはと理由をつけます。「倦む日なきわが酒に年立ちかへる」。おやおや大変です。

中汲の白きを雪見船に酌む　（中汲＝なかくみ）

中汲は濁り酒の上澄みと底の中間を汲み取ったもの。雪見船で中汲と洒落込みました。「炉酒盛雪は旦暮の刻なしに」「昼酒に旅打上げの鮎の膳」。**いい仲間といい酒**。「飲みぶりも底ぬけなりし太宰の忌」。おっと、作者に負けない豪傑がいました。

6 室生犀星……艶のある時間

ひと口に艶といっても凄艶、濃艶といったものから清艶までずいぶん幅があります。犀星の「艶」は後者にあたります。ウェットな「しとやかさ」「あでやかさ」。女性の仕草の艶から艶のある風景まで…。どこかセンティメンタルな雰囲気も漂います。

ほほゑめばゑくぼこぼるる煖炉かな

匂い立つような艶のある**女性の仕草**を切り取ります。「毛皮まくあごのたまたまひかりけり」「紅梅生けるをみなの膝のうつくしき」「梅折るや瑪瑙《めなう》のごとき指の股」などと動きに着目します。「螢くさき人の手をかぐ夕明り」はなんともなまめかしい句。

ゆきふるといひしばかりの人しづか

「ひそと来て茶いれる人も余寒かな」。**しとやかな風情**。心の艶が滲み出ています。「たまゆらや手ぶくろを脱ぐ手のひかり」「足袋白く埃をさけつ大暑かな」。人柄まで伝わってくるようです。「おほきにといひ口ごもる余寒かな」は可憐な感じ。

みづひきのたたみのつやにうつりけり

水引《みづひき》はタデ科の多年草。小さな赤い花が紅白の水引のように見えることからこう呼ばれます。「たまかぶら玉のはだへをそろへけり」「青梅の臀うつくしくそろひけり」は**瑞々《みずみず》しさ**。「秋の餅しろたへの肌ならべけり」は文字通り餅肌です。

あんずあまさうなひとはねむさうな

「しぐるるや飴の匂へる宮の内」「潮ふくむ風匂ふ梅の朝かな」。**艶を感じるような匂い**です。「古雛を膝にならべて眺めてゐる」と**過ぎ行く時間にも艶**があります。「睡たさよ筆とるひまの春の雨」「消炭のつやをふくめるしぐれかな」はセンティメンタルなひとりの時間。

はれあがる雨あし見えて歯朶あかり　（歯朶＝しだ）

「近江らしく水光りゐて明け易き」「白藤に雨すこし池澄みにけり」「朝拾ふ青梅の笊《ざる》ぬれにけり」。こちらは水とひかりがテーマ。**艶のある風景**の切り取りです。「夜のあかりとどかぬ畝《うね》やきりぎりす」とどこかウェットで叙情的でもあります。

7 有馬朗人……歴史へ誘う

「光堂より一筋の雪解水《ゆきげ》」「草餅を焼く天平の色に焼く」などの代表句がある作者ですが、物理学者として国内外を飛び回っていただけに、旅の句も数多くあります。旅吟はどうしても観光俳句になりがちですが、そうしないための秘策があります。それは歴史を詠むこと。

ジンギスカン走りし日より霾れり（霾れり＝つちふれり）

歴史上の人物を詠み込みます（霾るとは黄砂が降ること）。「ニュートンも錬金術師冬籠り」「夜霧濃しロートレックの悲しみに」「雷鳴やダンテの家は路地の奥」など季語をどうからめるかがポイントになります。「初日さす寝巻すがたのバルザック」はユーモアたっぷり。

ウェールズに幽霊多し夏炉たく

コンウィ城の幽霊でしょうか。「ソドムの跡知らず焚火の漢《をとこ》たち」「天草の海は平に花朱欒《ざぼん》」「初時雨姫街道の石紅し」。**歴史のある地名**がものを言います。「銀河傾くピラミッドへの石だゝみ」「玄室を出て人の世の日傘さす」などは**史跡**に視点を置きました。

黒蟻の密集ギリシャ語の聖書

歴史を句に生かすのは旅吟に限りません。「古事記読む八方に濃き春霞」「冬近し厚きプラトン書の余白」。**よく知られた書**を盛り込んで句の世界を広げます。「ヴェニスにて死ぬべし冬日沈むとき」はトーマス・マン、「春田打つ鶴女房の村はづれ」は昔話です。

銅鐸に米つく絵あり若菜摘

「爽籟《さうらい》や土偶どれにも臍の穴」「鯔《ぼら》を釣り周の天下を待ちにけり」「天平のこがねの蘂《しべ》の白牡丹」。読者を古代、**中世の時代へ誘う**。そんな句です。「漢方の百の抽斗《ひきだし》十三夜」「京劇の女哭きけり春の宵」「風神の絵襖開く夏座敷」などは文化、芸術などが切り口。

阿国の忌なりしと思ふ花衣　（阿国＝おくに）

花衣から歌舞伎の創始者といわれる出雲阿国《いづものおくに》への連想。「朱欒割りサド侯爵の忌を修す」はなんとざぼんからマルキ・ド・サドへと転じました。「空也忌の鉦打ち廻る腰のばね」「鎌倉の雨の一日や道元忌」「鳥羽僧正忌なる風船かづらかな」などと**忌日**を生かします。

8 与謝蕪村……自然の移ろいを詠む

「牡丹散りて打ちかさなりぬ二三片」「さみだれや大河を前に家二軒」など絵心あふれる句が代表句にあげられますが、蕪村の句は背後にはるかな時間の流れを感じさせるものが多いのも特徴です。なにを詠んでも時の移ろいといった哀しげなトーンが底流で響いています。

雛見世の灯を引くころや春の雨

「ゆき暮れて雨もる宿やいとざくら」「春の夕《くれ》たえなむとする香《かう》をつぐ」。**黄昏どき**は四季にかかわらず人をしみじみとさせます。「燈ともせと云ひつゝ出るや秋の暮」「うたゝ寝のさむければ春の日くれたり」などと人懐かしいような時間でもあります。

春雨やいさよふ月の海半ば

春雨にかすんだ朧月です。「山の端や海を離るゝ月も今」「風雲《かざぐも》の夜すがら月の千鳥哉」。**月の動きで時間の流れ**を感じさせます。「菜の花や月は東に日は西に」「鮒ずしや彦根が城《じやう》に雲かゝる」「山は暮れて野は黄昏の薄《すすき》哉」は**空の移ろい**です。

朝がほや一輪深き渕のいろ

「花の色はうつりにけりないたづらにわが身世にふるながめせしまに」（小野小町）。**花の移ろい**です。「夜の蘭香にかくれてや花白し」「村百戸菊なき門《かど》も見えぬ哉」「二《ふた》もとの梅に遅速を愛す哉」。花も盛りの句といっても、どこか哀しみが滲み出ています。

牡丹切って気のおとろひし夕かな（夕＝ゆふべ）

気持ちの移ろい。「はるさめや暮れなんとしてけふも有」「ゆく春やおもたき琵琶の抱心《だきごころ》」。春の日暮れの物憂いひとときです。「ちりて後《のち》おもかげにたつぼたん哉」は行ってはまた戻る時間。「起きて居てもう寝たといふ夜寒哉」。もう夜も更けました。

凧きのふの空のありどころ（凧＝いかのぼり）

過ぎ去った日への思いを時間の流れで表しました。「涼しさや鐘をはなるゝかねの声」「鶯の声遠き日も暮れにけり」「かなしさや釣の糸吹くあきの風」。ぼんやりと聞いたり見たりしている情景から懐旧の念に浸っている作者の心の移ろいが感じられます。

9 辻田克巳……人間観察の句

自分のことを笑い飛ばす。でも卑下しているわけではありません。そこには「人間なんてそんなもんさ」という達観があります。ということで他人を見る目もなかなか辛らつです。そんな人間観察の句を見ていきましょう。実はこれが関西流の愛情表現でもあります。

緑蔭に読みくたびれし指栞

「栗落ちてをれば必ず木を仰ぐ」「悴《かじか》みて摑みにくくて一円貨」「目礼のあと秋扇をすこし使ふ」。ハハハ、**そんな人をよく見かけます**。「メーデーや子を鷲摑む労働者」「古妻を強く叩きて雪払ふ」「くさめせり生れて一日目の嚏《くさめ》」は**愛情あふれるあたたかな視線**です。

豆の花一度ではいとすぐ起つ子

台詞で人間を描きます。「母の白息ひとことで子を制す」は母親のスケッチ。「ひと様はひと様と妻芋茎《ずいき》剥く」は奥さん。「海鼠突《なまこつき》ですかと問へばああとのみ」「餅配りして来てコンナモノモロタ」「花南瓜はいはいと婆逆らはず」もその場のシーンが目に浮かびます。

じんべまたガス工事見に出てをりぬ

工事が気になってたまらない。甚平《じんべ》を着たまま出てきました。「としよりが毛虫いぢめる棒の尖」「廊下曲って新入生きよとんとす」「学校が厭で氷塊蹴り帰る」。**動作**や**状況**で**心理**や**性格**を**描写**します。「焼いもや居て貰っては困る人」。ハハハ、確かに長居されても困ります。

ひとり酒父の日といふ序での日　(序で＝つひで)

「冷蔵庫ひらく妻子のものばかり」「柏餅妻子にありて吾になし」。**父親というもの**は、ひがみやすい生き物です。「冬座敷歩きて父の風たてる」と格好もつけます。「涼み台孫ほどの子と飛角落」「くもの糸四十男にからみつく」。でもこれが現実です。

チャルメラに誘はれて蛇穴を出づ

えらく人間臭い蛇です。「こでまりの花に眠くてならぬ犬」「大いなるのみ芋虫の何もせず」「バケツ倒して恋猫の意趣返し」。こんな人がいそうです。「髭で話すよ舟虫が舟虫に」「未亡人邸青蜥蜴《とかげ》出入りして」なども**小動物が愛おしくなってくるような句**。

10 富沢赤黄男……イメージ構築法

自分の内面の世界を具体的な詩的イメージに置き換えて俳句にする。現実ではありえないような出来事でも詩の世界として生々しいような映像になります。なかなか難解ではありますが、孤高の俳人、富沢赤黄男の句から、詩的イメージの構築法を学びましょう。

爛々と虎の眼に降る落葉

爛々と光り輝きながら降る落葉。爛々と虎の眼がそれを眺めます。孤高の虎です。**映画の一場面**を思わせるような句。虹彩に金色に輝く落葉が映りこんでいるようなイメージもあります。「火口湖は日のぽつねんとみづすまし」も**透明な孤独感**を感じさせるシーン。

ひとの瞳の中の　蟻蟻蟻蟻蟻

こちらは**不安感や焦燥感**、**苛立ち**。打ち消そうとしても消えない蟻の残像が蠢《うごめ》きます。黒々とした蟻の字面も効果的です。「木枯　木枯　ひらひらと侏儒の手」「日蝕　カインのごとく人影　地にみだれ」。侏儒や人影の動きが不安感を募らせていきます。

蝶墜ちて大音響の結氷期　（墜ちて＝おちて）

幻想の蝶はなにを象徴しているんでしょうか。まさに一触即発、**緊迫感**にあふれています。「きしきしと磨滅の音の　冬の星」「木枯の　あるとき軋む　黒い歯車」「絶壁のわんくと鳴るとき碧落」なども**金属音を使って緊張感あるイメージ**を生み出しています。

石の上に　秋の鬼ゐて火を焚けり

戦時下で詠まれた句。**予見性**に満ちています。「ひたひたと肺より蒼き蝶の翅」「冬天の黒い金魚に富士とほく」「黒犬がうづくまる　黄昏の喪章」では蝶や黒犬などが預言者のように現れます。「草二本だけ生えてゐる　時間」。**荒涼たる心象風景**に草二本が救いです。

かの銀河　いちまいの葉をふらしけり

お告げのように葉が降りました。**象徴手法で観念を映像化**した句です。「豹の檻一滴の水天になし」は絶望感、「秋風のまんなかにある蒼い弾痕」は大きな悔いとか空虚感、「草原のたてがみいろの昏れにけり」は挫折感とか諦観のようにも受け取れます。

11 夏目漱石……俳味の出し方

禅味があって淡白で洒落っ気がある。それが俳句だと漱石は言います。「肩に来て人なつかしや赤蜻蛉」「別るるや夢一筋の天の川」などといった抒情味あふれる句もありますが、やはり真骨頂は俳味たっぷりの句。鼻歌まじりにふっと詠んだような味わいがあります。

長けれど何の糸瓜とさがりけり　（糸瓜＝へちま）

やせ我慢ではありません。余裕たっぷりな糸瓜です。「どつしりと尻を据えたる南瓜《かぼちゃ》かな」「物言はで腹ふくれたる河豚《ふくと》かな」「叩かれて昼の蚊を吐く木魚哉」なども**滑稽味**たっぷり。「むつかしや何もなき家の煤払」では自分の貧乏暮しを笑いのめしました。

ごんと鳴る鐘をつきけり春の暮

ごんと鳴るのは当たり前ですが、それを大真面目に詠みました。「衣更《きぬかへ》へて京より嫁を貰ひけり」「雪隠の窓から見るや秋の山」「炭売の後をここまで参りけり」「いの字よりはの字むつかし梅の花」「紅白の蓮擂鉢に開きけり」なども、**とぼけた味わい**があります。

恋猫の眼ばかりに痩せにけり

カリカチュア、**戯画**です。思わず表情が浮かびます。「雛僧のただ風呂吹と答へけり」は雛人形と僧のミスマッチ。「ゑいやつと蠅叩きけり書生部屋」。いつも遠慮して暮らす書生の憂さ晴らしです。「安々と海鼠《なまこ》の如き子を産めり」は長女誕生の日に詠んだ句。

仏壇に尻を向けたる団扇かな（団扇＝うちは）

ハハ、仏壇と尻が向き合いました。「能もなき教師とならんあら涼し」もふてぶてしさが笑えます。「初夢や金も拾はず死にもせず」では**不貞腐《ふてくさ》れて**みせました。「灯もつけず雨戸も引かず梅の花」は**開き直り**。「蜱《こほろぎ》よ秋ぢや鳴かうが鳴くまいが」と**悪態**もつきます。

秋風や屠られに行く牛の尻（屠られに＝ほふられに）

なんともペーソスのある情景ですが、実は漱石が痔の手術を受けたときの句。「腸《はらわた》に春滴るや粥の味」は胃潰瘍で大量に吐血したあとの句。どちらも上質なユーモアがあります。「秋風の一人をふくや海の上」「吾が影の吹かれて長き枯野哉」は哀愁そのもの。

12 鈴木真砂女……料理歳時記づくり

真砂女は「羅《うすもの》や人悲します恋をして」「死なうかと囁かれしは蛍の夜」などの恋の句で知られますが、小料理屋の女将だっただけに、季節感あふれる料理の句の数々もさすがです。いわば女将としての職場俳句。ではその鮮やかな包丁捌きを見ていきましょう。

花冷えや烏賊のさしみの糸づくり　（烏賊＝いか）

調理するシーンが目に浮かびます。**体感で季節の移り変わり**を感じさせる句。「章魚《たこ》うすくそぐ俎《まないた》の余寒かな」「春寒くこのわた塩に馴染みけり」なども春先の肌寒さが伝わります。「酢をくぐる小鯵の肌や夕時雨」「ふるづけに刻む生姜や朝ぐもり」は匂いでの季節感。

大鍋に蟹ゆで上る時雨かな

時雨のモノトーンのイメージの中へ真っ赤に茹で上がった蟹。**色の取り合わせで印象的**に仕上げました。「梅雨ふかしゆでて色増すさくら海老」も同じです。「蚕豆《そらまめ》のみどり香走る五月来ぬ」「梅雨寒く小蕪真白く洗はるゝ」では同じトーンで一句がまとめられています。

寒波来る虎河豚は斑を誇りとし　（虎河豚＝とらふぐ　斑＝ふ）

さぞや立派な河豚だったんでしょう。このように**素材を写生する**方向もあります。「地玉子の殻のたしかさ風光る」「白魚や生けるしるしの身を透かせ」「寒鯛の瞳《め》の爛々と気品満つ」。「望郷の栄螺《さざえ》貌《かほ》出すそぞろ寒」では栄螺に作者の思いを託しました。

やりくりの思案の鰺をたたくかな　（鰺＝あぢ）

「掛とりもせねばならずと葱きざむ」「瓜揉んでさしていのちの惜しからず」。女将としての日々の述懐。**調理の動作で思いを伝えます**。「春の夜や蟹の身ほぐす箸の先」は少し物憂い気分。「毛蟹むしることに一途や夕霙」はそんな気分を振り払うかのような句です。

三伏や提げて重たき油鍋

暑い盛りの仕込みなんでしょうか。こんなふうに**台所用品を上手く使って季節感のある句**を詠みます。「梅雨ふかし包丁で掻く鍋の焦げ」では〈やりきれなさ〉、「皿小鉢洗つて伏せて十三夜」では〈店を仕舞ってほっとしたひととき〉がそれぞれの季語で伝わってきます。

13 中村草田男……人生観を詠む

「人生いかに生くべきや」という思いを持って詠めば俳句は人生論になりうる。そんな信念で詠まれた句です。もちろん十七字で論文を書くわけにはいきません。どうすれば人生観が滲み出るような句が詠めるでしょうか。

玫瑰や今も沖には未来あり（玫瑰＝はまなす）

少年の頃に抱いた将来の夢を持ち続ける。そんな作者の立ち姿が浮かんでくるような句。「勇気こそ地の塩なれや梅真白」は学徒出陣する教え子に贈った句。マタイ伝の言葉を白梅に響かせました。「春雷や三代にして芸は成る」も**標語**のように覚えてしまいます。

初御空はや飛び習ふ伝書鳩

一年の計は元旦にあり。**アレゴリー**、**寓意**を含ませました。「夜の蟻迷へるものは弧を描く」。人間もとかく堂々巡りしがちです。「三猿古ればみな泣くさまや銀杏散る」は、もっと積極的に世の中と戦えというメッセージでしょうか。

冬の水一枝の影も欺かず

厳しく自分に正直に生きよといったふうにも読めます。こんなふうに**自分の思いを季語に託して**伝えます。「蟾蜍《ひきがへる》長子家去る由もなし」は長男としての複雑な心境。「遠蛙独りで生くる齢《よはひ》なる」「錆を削れば凜と鉄瘦せ秋燕」「大学生おほかた貧し雁帰る」は歎き。

たかんなの影は竹より濃かりけり

たかんなは筍《たけのこ》のこと。栴檀《せんだん》は双葉より芳し。**象徴的な表現**です。「水甕に水も充てけり除夜の鐘」。気力も充実して新年を迎えます。「千年の松も落葉は小さくて」。落葉は文芸家の創作物の象徴でしょうか。「わが背丈以上は空や初雲雀」は初雲雀に高ぶる気持ちを象徴させました。

燭の灯を煙草火としつチエホフ忌

「万巻の書のひそかなり震災忌」。静かな執筆の時間が流れます。「父となりしか蜥蜴《とかげ》とともに立ち止る」は父としての**自覚と覚悟**。「滂沱《ばうだ》たる汗のうらなる独り言」はどんなつぶやきなのでしょうか。「負けるものか」とか言ってるのかもしれません。

14 野見山朱鳥……身近な小動物

「火を投げし如くに雲や朴《ほほ》の花」「蚊帳《かや》青し人魚の如く病めりけり」など鮮やかな直喩（喩え）で知られますが、身近な虫や小動物を詠んだ句を数多く残しています。直喩などのレトリックはもちろん、写生の技も巧みです。

水飲みに兵士の如く蟻来たる

「巡礼の如くに蝌蚪《かと》の列進む」。兵士や巡礼などに**喩えることで動きが手に取るように分かります**。「毛虫いま駱駝《らくだ》の瘤のごと急ぐ」は駱駝のゆったりした歩みになぞらえました。「瘤」としたのが技。「太陽の黒点の子の蝌蚪泳ぐ」は隠喩です。「蝌蚪に打つ小石天変地異となる」とちょっと悪戯をして「蝌蚪乱れ一大交響楽おこる」などと詠んだりもします。

漆黒の眼を見ひらいて蠅生る

クローズアップして写生します。「冬蜂の胸に手足を集め死す」「空蟬《うつせみ》のまなこは泡の如くあり」。骸《むくろ》などもよく観察すると一句になります。「蝸牛の角風吹きて曲りけり」と角の動きにも注目。「風吹いて皺の出来たるなめくぢり」と風にも敏感になりましょう。

なめくぢり身を絞りつゝ起き返り

擬人化です。「行き迷ふ毛虫は髭の顔を上げ」。思わず毛虫の表情まで想像してしまいます。「静けさに耐へずに曲り蜷《にな》の道」と巻き貝の気持ちになってみたり「日に蜥蜴《とかげ》出て太陽はこそばゆし」「炎天の蜥蜴小心翼翼たり」と蜥蜴をキャラクターにしたりも。

ざり蟹のからくれなゐの少年期

子供をからめて詠む。この句は回想でしょうか。「天道虫雫のごとく手渡しぬ」「兜虫腕に這はせて変声期」などと、よく観察しましょう。「初蝶は白し灯台守の子に」は優しい句。

硝子戸の守宮銀河の中に在り（守宮＝やもり）

「風涼し銀河をこぼれ飛ぶ蛍」。**風景の中の彩としての小動物**です。「蟷螂《たうらう》の全身枯らす沖の紺」では大海に枯蟷螂を配しました。「反射炉の火噴きし空を揚羽影」はなにか象徴のような揚羽。「飛び散つて蝌蚪の墨痕淋漓《ぼつこんりんり》たり」は水墨画を思わせます。

15 鈴木鷹夫……男の色気を粋に

小粋な句。男の色気も感じさせます。なぜでしょう。あか抜けてこざっぱりしているといったところでしょうか。さらりとした叙景も魅力的です。澄んだ感じの哀愁も漂います。もちろん寡黙で、どこかに孤独感がなくてはいけません。

酔ひすでに三葉散らせる白魚汁

「独酌やはるかを鳶《とび》の青嵐」「いつの世も月は一つや燗熱し」。**粋なひとり酒**です。すっきりとした句姿に男の色気が感じられます。「川波の葛飾にゐて冷し酒」「昼酒や伊丹の町を簾越し」もいい酒。ときには「いきなりの一升瓶と火鉢かな」と酒盛りが始まりもします。

白菖蒲剪つてしぶきの如き闇

端正な美しさ。瑞々《みずみず》しくて艶もあります。「峰雲の涼しさに巻く男帯」。よくぞ男に生まれけりという句。「白桃の冷ゆるを待ちて方丈記」「一睡の後のまどろみ花八つ手」は風情のあるひとこと。「指組めば指が湿りぬ桜草」は男の色気が匂います。

酢の香して二月の白き割烹着

清潔感のあるお色気、そしてそれを見詰める男の目。「琹紐垂らして眠る蝶の昼」「遠景に川を離るる日傘あり」「春の雪見ている人を見てゐたり」も**男の視線**を詠んでいます。「壺焼やかなしき唄を海女芸者」「人悼む言葉が春の日傘より」では優しさが加わりました。

海鳴りを少し離れて麦の秋

「風鈴の真下の川を夜舟かな」。さらりと**景色を詠んで艶**があります。「裏庭の夕日の彩も菜漬どき」「四葩《よひら》より濃くて丹後の日暮汐」なども作者の繊細さが伝わってきます。「風音を伊賀に聞きをり松飾」「霜月のはじめを雨の伊豆にをり」は旅先での静かな時間です。

犬の眼の風を見てをり白菖蒲

この犬の眼は作者の眼でもあります。**哀愁**と言ってもどこか爽やかな印象があります。「眼光をふつと消しまた耕せる」「庭番と濤音《なみおと》を聞く夕霞」。言葉は交わさないながら心が通うような気分でしょうか。「信長忌過ぎし豪雨の湖《うみ》一つ」は雄ごころのある句。

16 ふけとしこ……おとぼけの味

「いったいなに考えてるんだか」と思うような妙なおかしさがあります。ユーモアのあるおとぼけの味です。ものの捉え方やものの見方がなんだかのほほんとした雰囲気をかもし出します。これは作者の人柄が滲み出たもの。ちょっと真似はしにくいのかもしれません。

柿買うて人に持たせてよく晴れて

のほほんとしたような時間が流れます。「後の月インコに肩を貸してゐて」「惜春の舌にほろりと砂糖菓子」。こんなときの澄ました顔の作者を思い浮かべるとなんともおかしい。「おとうとをトマト畑に忘れきし」「ばあちゃんになつた五月の草の花」もおとぼけ味。

脱ぎかけの竹の皮なり脱がしけり

「どつかりと座りて牛へやる南瓜」「男の子あり並に育ちて柏餅」「底冷や兜煮の眼をゆづり合ひ」。**まぬけな俳味**。個性的です。「山は身をよぢらんばかり芽吹きける」。山もこそばゆくなりました。「趙夫人牡蠣とライムを買つてくる」。蛸《たこ》夫人に読めてしまいます。

春の夜や朽ちてゆくとは匂ふこと

これは艶っぽい。**穿《うが》ちの句**です。「冬籠るとは猫に椅子ゆづること」「綿虫を追ふとは風をつかむこと」などはおとぼけ。「春霰《はるあられ》楽しいことは早口に」。言われてみればなるほどです。「太陽や葱の孕める葱坊主」。そうか、葱坊主は太陽が葱に孕ませた子なのでした。

欠伸して梅雨の茸を増やしけり　（欠伸＝あくび）

「初夢の辻褄こはぜ掛けながら」「子のをらぬ日の菖蒲湯をたてにけり」「誰も来ぬ梅雨の畳を拭きにけり」などは日常詠。「軽鳧《かるがも》の子のふはふはを十数へけり」。**ぼんやりとした時間の流れ**が読者を包みます。「桔梗《きちかう》の蕾に息を入るる役」。ハハ、こんな役目もありました。

待たされて海胆の動くを見るばかり　（海胆＝うに）

「鱧《はも》切りし刃の丁寧に拭はるる」「落ちし火を消す役もゐて修二会《しゆにゑ》かな」「ビーカーに浮草の足見てをりぬ」「坊様の首の肉付き穴子鮨」。**おやおやなにを見てるんだか**と思います。「マフラーを投げれば掛かりさうな虹」。おっと、こちらはロマンティックです。

17 高浜虚子……贈答句のお手本

贈答句や慶弔句は贈る相手にこちらの気持ちが伝わればいいわけですが、俳句として平凡であっては印象に残りません。そのときに合わせた季語を選んで、その季語に思いを乗せて詠む必要があります。そのあたりを贈答句の名手、高浜虚子から学びましょう。

而して蝿叩さへ新らしき　（而して＝しかうして）

結婚祝いの句。「七草に更に嫁菜を加へけり」は結婚式がちょうど一月七日だったんでしょうか。洒落てます。「うち竝《なら》びて鏡にむかふ更衣」などとこれからの二人の時間を詠むのがオーソドックスなのかもしれません。「小春日の春を抱きて生れけり」は誕生祝い。

春雨に傘を借りたる別れかな

漱石と別れた時の**送別の句**。そのときの情景を詠み込みます。「月夜より必ず波も平らかに」は航海の安全を祈っての句。「田螺和《たにしあへ》くひたくならばすぐ帰れ」は淋しいから早く帰れという思い。「ニツポンハソノノチハルノユキ五スン」は船への無電、その後の近況報告です。

もろともに手をかざしたる桐火桶

銀婚記念の祝句。「地球一万余回転冬日にこく」。こちらは五十嵐播水の結婚三十周年。機知があります。「白梅の影壁にある新居かな」は新築祝い、「各々は白玉椿衿青し」は卒業生へ。衿を椿の葉に見立てました。「梅が香の脈々として伝はれり」は明治座再建のお祝いです。

たとふれば独楽のはぢける如くなり（独楽＝こま）

俳句の好敵手であった河東碧梧桐への**弔句**。**生前の業績などをどう盛り込むか**に腐心します。「牡丹の一弁落ちぬ俳諧史」は松本たかしへの悼句です。「子規逝くや十七日の月明に」。師である正岡子規の死に際して淡々と、かつ言葉が出ないほどの哀しみを詠みました。

ささ鳴の大いなる訃をもたらせし

笹鳴きは鶯の冬の鳴き声。松瀬青々の**訃をひっそり**と知らせました。なだ万の女将には「君謡へ打初《うちぞめ》せんといひしこと」と想い出を詠んで死出の餞《はなむけ》に。「雷公の轟き落ちし如くなり」は飛行家への弔句。「ワガハイノカイミヨウモナキススキカナ」は漱石の猫の死を知っての弔電です。

18

伊藤敬子……色と彩を詠む

写生をするにしてもなにかテーマを持ちたい。たとえば色や彩に的を絞って詠む。そんなことにもチャレンジしてみましょう。対象の色合いだけに絞る。色の移り変わりを詠む。背景の色との対比で対象を際立たせる。いろいろなアプローチがありそうです。

白牡丹星辰めぐりはじめけり

星座のめぐる夜空の下。牡丹の**白が際立ちます**。「白樺の百幹の天冬立てり」「ま新しき晒《さらし》をば緊め鮑採《あはびとり》」「草創の白をちりばめ沙羅の花」なども白がくっきりと鮮やかです。「むらさきに統《す》べし紅葉の活火山」「深緑の湖たっぷりと失語症」は視界が一色であふれます。

浮き出でていろの定まる竜の玉

「伊吹嶺《いぶきね》の光れば柿の色深む」。**艶びかりした色合い**を詠みます。「まっさらの闇押しやりて初日出づ」「蕗《ふき》の薹《たう》ふちをさ走る濃《こ》むらさき」は瑞々《みずみず》しさがテーマ。「漆黒の睫毛《まつげ》を伏せて卒業す」「掌に受くる烈火の雫《しづく》曼珠沙華」はその瑞々《みずみず》しさをズームアップしてみせました。

水仙の花のむかうはいつも海

水仙の背景にはやっぱり海が似合います。「白鳥の嘴《はし》あるゆゑに天さびし」。白と蒼天、きっぱりとした**色の対比**です。「青麦と黒髪なびき易きかな」「満載の蟹へ降り出す海の雪」も同じ。「灯台の玻璃はみどりに花大根」は灯台にやさしいうすむらさきを配しました。

勾玉のいろの秋風生まれけり

「山茶花《さざんくわ》や羽衣いろに紙を漉く」。**なにかを色で喩えます**。「州の芦の黄金のいろに唄ひけり」「花くるみ土鈴は蒼き音を出す」「初神楽鈴は五色の音ほどく」は音を色で喩えた例。「知恵ふかき彩なり乾く唐辛子」では逆に唐辛子の色を知恵深いと見ました。

戻らざる刻は水色岐阜提灯

象徴としての色。来し方は水色に暮れていきます。「昔日は黄色ときめし月見草」「やるせなきむかしのいろの寒の紅」。思い出の色合いはさまざまです。「春ゆふべむらさき貝を拾ひけり」「木曾深しおほむらさきの翅伏せし」。むらさきは秘めた思いでしょうか。

19 舘岡沙緻……からだ感覚を詠む

涼しさは爽やかな気分、蒸し暑さは物憂さ、ひんやりとした感じは静かな心持ちに通じます。こうした身体感覚を詠むことで心の状態を表現します。髪の毛や畳、ガラスなどの触感や水に手を浸したり、風に吹かれたりしたときの感覚を詠むのもいいでしょう。

廻転扉出て春服の吹かれけり

風に吹かれてやわらかな春服が揺れます。「盆僧の風をはらみて過ぎにけり」は僧衣。**爽やかさ**を肌で感じます。「夕畳拭けば秋風立ちにけり」にはさらりとした情感があります。「青胡桃《くるみ》シャワー浴びたる身の火照り」。シャワーのしぶきが見えるようです。

後手をついて山見る冷し飴

ひんやりとした畳の触感も伝わってきます。「靴脱いで蹠《あうら》さびしき涼み舟」は、静かに**自分と向き合うようなひととき**。「足のばしゐてもひとりや梅雨畳」「黒髪の冷を束ねる初ざくら」「手袋を脱ぎたるあとの独りかな」「胸伏せて眠る花火を見しあとは」などは淋しさ。

晩春や座して解きたる帯の丈

「末枯《うらがれ》や紅ひく唇を軽く開け」「帯たたむ深夜の蛙鳴きゐたり」「紫木蓮重ささへしゆふべかな」。**もの憂い**ようなからだ感覚です。「春菊を茹でたるあとの風邪ごこち」「熱の身を寒き運河に沿ひゆけり」はけだるさ。「眼の奥の疲るる齢《よはひ》松の芯」もよく分かります。

白足袋の爪先張りて卒業す

爪先まで力が漲《みなぎ》っての卒業です。「若き肘張り白扇を荒使ふ」「賀の帯に挿して小さき扇かな」「金魚掬《すく》ふ少年肩をとがらせて」なども**心地よい緊張感**がよく出ています。「後手に帯をととのへ花の前」「啓蟄《けいちつ》の土に膝つきドア磨く」は、いかにもきびきびした動き。

望の夜の水にてのひら遊ばせて　（望の夜＝もちのよ）

なつかしいような感覚。「春を待つ髪の先まで眠り足り」「木犀の匂ふ夜うすく紅さして」。自分のからだを愛おしむようなゆったりとした時間が流れます。「春の雪母の寝息を身ほとりに」「朝顔市人やはらかくすれちがふ」などは人懐かしさを感じさせる句。

20 鷹羽狩行……海外吟のコツ

「摩天楼より新緑がパセリほど」。エンパイアステートビルからセントラルパークの新緑を眺めた句。新緑を皿の上のパセリに見立てました。海外吟は新しい俳句の素材に挑戦できるのが魅力のひとつ。地名や名所旧跡を詠み込むよりもそこでの感動を詠みましょう。

夕焼けて祈るかたちに駱駝坐す　〈モンゴル〉（駱駝＝らくだ）

「西日ある方を西とし駱駝隊」。積極的に**その国でしか詠めない俳句の素材**を見つけることが肝心です。「南十字星《サザン・クロス》を葉の上に椰子涼し」〈ブラジル〉、「鳩の恋エロスの像の羽の上」〈ロンドン〉、「蛇に使はれて笛吹く蛇使ひ」〈インド〉なども現地でないと詠めない句。

移民史の綴ぢ糸めきて木の葉髪　〈ブラジル〉

「雛罌粟《ひなげし》や廃娼窟の石ベッド」〈イタリア〉、「明易《あけやす》く姫が人魚に戻る刻」〈デンマーク〉。その土地の**歴史**や**文化**を詠み込みます。**その国の情勢**などもテーマ。「茂るまま戦士の墓の殖えるまま」はベトナム戦争、「黒人の雑魚寝海老寝の三尺寝」は黒人暴動が句の背景です。

尖塔の十字なほ見え白夜なる　〈スウェーデン〉

現地にふさわしい**季語**を使います。「石像の裾ひるがへす青嵐」リンカーン像には青嵐、「儀礼砲ずらりと雲の峯へ向け」ウィンザー城には雲の峯が似合います。イタリアなら「空港は塵もとどめず聖五月」といった具合。「エスキモー犬六匹の後に橇」。スイスは橇です。

ゴンドラの揺れをあやつる日傘かな　〈イタリア〉

「沐浴の中の一人が泳ぎ出す」〈インド〉、「鏡餅大《だい》のチーズと冬ごもり」〈スイス〉、「サンバ踏み出せ月の夜のやし並木」〈ブラジル〉、「物売も物乞もゐて片かげり」〈ローマ〉。**その国の暮らしぶり**を詠みました。「脂ぎる緑蔭ホット・ドッグ食べ」はディズニーランドでの一句。

端居して船尾の景に飽きもせず　〈カナダ〉（端居＝はしゐ）

「大飛瀑妻子のために覚えおく」〈ナイアガラ瀑布〉、「昼寝くり返して癒えず時差疲れ」〈スウェーデン〉、「髭の伸びにも違ひでて夏時間」〈イタリア〉。絵葉書俳句を脱するにはこのように**生活感覚**を失わないで詠むこと。「古代遺跡を一巡の白日傘」〈イタリア〉は自分たちのスケッチです。

第二章

十八番の技を磨く

俳句上達の決め手は結局のところ「なにを詠むか」「どう詠むか」です。この章では「どう詠むか」に絞って名手たちに学んでみましょう。切れ字の使いこなし方、俳句の構文、写生での目のつけどころ、取り合わせの基本などのワンポイントレッスンです。

21 坪内稔典……語呂のよさで勝負

「三月の甘納豆のうふふふふ」「たんぽぽのぽぽのあたりが火事ですよ」。一度聞いたら忘れられない口調のよい句です。芭蕉は「俳諧の益は俗語を正す也」と言いましたが、いままで俳句に使われなかったような俗語を思いきって使うと読者の印象に残る句になります。

好きやねん天神祭鱧の皮 (鱧＝はも)

つい口ずさむように出てくるのは**リズム感**があるからでしょう。「せりなずなごぎょうはこべら母縮む」「ほとけのざすずなすずしろ父ちびる」。新しい春の七草の囃し歌（包丁で七草を叩きながら歌う）です。「ぽーがいてぽぽーもおるか谷の春」も笑えます。

水中の河馬が燃えます牡丹雪 (河馬＝かば)

「ゆびきりの指が落ちてる春の空」「赤ん坊の百人笑う水あかり」「啄木とやくざと並び麦の丘」。えっ、いったいどういうこと？ **意表をつく句**です。「ボクサーの汚名のように散るさくら」「ふしだらに真昼の電車花曇り」もユニークな喩えで記憶に刻まれます。

朝潮がどつと負けます曼珠沙華

朝潮太郎（高砂親方）です。「春昼の紀文のちくわ穴ひとつ」「大阪のすっぽんぽんの夏至の空」などと**時の人や商品名、俗語など**を詠み込みます。「日本の春はあけぼの犬の糞」はパロディ。「殺人があったぱかぱかチューリップ」ではパチンコ屋が登場します。

ふわふわの闇ふくろうのすわる闇

「さくらんぼ鬼が影曳くかくれんぼ」「大阪の落花落日モツを焼く」などと**韻を踏んだ句**は思わず口ずさんでしまいます。「猫がいてあれは猫の木秋の暮」「茄子もいで茄子煮て茄子のように寝る」「石屋ありまた石屋あり秋の村」。**リフレイン**も効果があります。

がんばるわなんて言うなよ草の花

人生の応援歌。「桜散るあなたも河馬になりなさい」と命令形で印象深くなります。「おとといのあしたことも鶴渡る」「浅い傷ばかりの日々よひなげしよ」「はにかむもしりごむもよし枇杷の花」「ふくろうを兄貴と呼ぼう夜の時雨」などは**癒し**の句です。

22 能村登四郎……刻の流れを詠む

「俳句は抒情を詠う詩だ」というのが持論。句に艶があるのはそんなところからきているのでしょうか。自分の気持ちを乗せて、時間の流れを感じさせるように詠んだ句に特徴があります。これも写生の流儀のひとつです。

霜掃きし箒しばらくして倒る

作者の**視線を感じさせる句**。なにかスローモーションのような錯覚を起こさせます。「毛糸玉幸さながらに巻きふとり」「つくづくと裏も眺めて雛しまふ」などは豊かな時間の流れ。「春ひとり槍投げて槍に歩み寄る」はストイックかつアンニュイな時間です。

霧の夜の貨車来て花の荷を降す

「なにがどうしてどうなった」。**場面を変化させて前後の情景を読者に想像させます**。動詞を二つ以上使うなと言われますが、狙いがあれば敢えて使うことも大事です。「捕虫網買ひ父が先づ捕へらる」「転げ来しこけしを遠足の子にかへす」なども好例。

手毬唄ここのつ十はさびしけれ

数え歌、どんな歌なのか気になります。「鬼やらひ終りは遠き闇へ打つ」。**お終いを詠むことで始まりからの時間をたどるような気分にさせられます。**「鮟鱇《あんかう》の鉤より降りる時来たり」。吊し切りが終ったということで逆にその有様が生々しく甦るという仕掛け。

さつきまで粽を結ひし紐なりし　（粽＝ちまき）

時間を逆戻りさせる。なにかを見て**過去の時間へタイムトラベル**します。「指先の傷やきのふの蓬《よもぎ》摘み」は昨日の場面、「裏伊吹見しより旅の風邪癒えず」は四、五日前でしょうか。「墓洗ふみとりの頃のしぐさ出て」は追憶の句です。

明日あたりかならず凍る滝に立つ

「やがてこうなるだろう」という先の状態を想像して詠みます。「除幕式まで惜春の蕎麦を食ふ」「その牡丹夕べを待ちて見たかりし」「葱畑の暮色や通夜に早すぎて」など、その場面に立ち会わなくても大丈夫。はやばやと一句ものにしましょう。

23 山尾玉藻……余白の作り方

俳句は十七文字。この短さが実は大きな武器になります。言い尽くさないで読者に想像させる――。余白をどう残すかが大切になってきます。連想の糸口だけ示してあとは読者におまかせ。これが短詩の強みです。でもそこには仕掛けが要ります。

仰山の乳房入りゆく春の山　（仰山＝ぎやうさん）

女性ばかりの吟行でしょうか。女性を「乳房」という**即物的なものに置き換える**（換喩）。これを手掛かりに読者はあれこれ頭の中で絵を描きます。シュールな映像を浮かべる人もいるかもしれません。「遠足の列突堤にちぢみけり」「ザリガニの音のバケツの通りけり」「葬つて来し手ばかりの焚火かな」では「列」「音」「手」がキーワード。

三越のはじかみ売場二度通る

情況を思わせるための小道具。この句では「三越のはじかみ」がそれです。「えっ、どうしてだろう。お客様でもあって酒肴の準備だろうか」と連想が広がってゆく仕掛け。「自転車で夫《つま》と見に来し出水川」「鮨桶を下げに来てゐる花の冷《ひえ》」も小道具が利いています。

鴨鍋のさめて男のつまらなき

熱く語るばかりで鴨鍋はほうっておかれています。「あ～ぁ、つまらない」というところ。「鍋がさめること」と「男がつまらない」こととの**因果関係は読者が考えます**。「螢籠見てゐて姉となりにけり」「扇風機に猫のやつれてゐたりけり」も同じ。

雛あられちよつと揺すりて飾りけり

ふとした動作だけで**そのときの作者の心模様を探れ**という謎掛け。「橙《だいだい》の尻をひと撫でして飾る」「粉のふく南瓜を抱へ拭ひけり」。「そんなこと、あるある」と共感を呼ぶ句です。

一掬の水に空ある今朝の秋　（一掬＝いっきく）

小さく詠んで大景を背後に感じさせる。そんな余白の作り方です。この句では掬《すく》った水に空を映してみました。「白鳥のつくりし波の寄り来たる」は静かな湖面、「陽炎をよく嚙んでゐる羊かな」は広々とした牧場を読者は思い浮かべることになります。

24 芝不器男……省略のカンドコロ

俳句は詠み手と読み手が双方で作り上げる詩です。省略を利かすというのは結局一番おいしいところを読者のために残しておくこと。でも詠み手は自分の意図が読み手に伝わるようにヒントを与えておかないといけません。そこが腕の見せどころです。

風鈴の空は荒星ばかりかな

鉛筆で**粗く仕上げたような素描**。力強いタッチです。「夕釣や蛇のひきゆく水脈《みを》あかり」「凧ひとつうつして暮れぬ水田圃」「川淀や夕づきがたき楓の芽」「石塊ののりし鳥居や法師蝉」などども、取り合わせでざっくりと描きました。絵を完成させるのは読者です。

寒鴉己が影の上におりたちぬ

一点に集中してシャッターチャンスを待つ。ほかは省略することで詩が生れます。「白浪を一度かゝげぬ海霞」「麦車馬におくれて動き出づ」なども同じです。「まぼろしの国映ろへり石鹸玉」はしゃぼん玉にまわりの景色が映った瞬間を捉えて一句にしました。

永き日のにはとり柵を越えにけり

作者はその鶏にどんな思いを重ねているのか――。**謎解き**は読者に委ねられます。「向日葵《ひまはり》の蕋《しべ》を見るとき海消えし」。蘂に見とれて眼前の海がふっと消えてしまったのでしょうか。「ぬば玉の閨《ねや》かいまみぬ嫁が君」。嫁が君（正月の鼠）がその閨で見たものはなにか――。

白藤や揺りやみしかばうすみどり

揺れているときの白藤を、読者は時間を遡って思い描きます。「座礁船そのまゝ暁けぬ蜜柑山」「雛暮れて面輪もわかずなりにけり」。**それまでの状況は読者でどうぞ**という作り方です。「野分《のわき》してしづかにも熱いでにけり」。野分の最中は熱に気がつきませんでした。

一片のパセリ掃かるゝ暖炉かな

レストランの風景でしょうか。作者は場面を提示するだけ。**物語は読者が紡ぎます**。「星祭る窓の下なる野川かな」「卒業の兄と来てゐる堤かな」は青春ドラマ、「春月や宿とるまでの小買物」「町空のくらき氷雨や白魚売」はまるで旅行記の一節のようです。

25

小川軽舟……取り合わせの基本

俳句は〈一物仕立て〉か〈取り合わせ〉。ただ取り合わせの中には二物衝撃という二つの要素のぶつかり合いで詩を生むという方法もあります。しかしこれはひとりよがりになりがちなかなか難しい。ここでは失敗しない取り合わせの基本について考えてみましょう。

不惑なり蝌蚪のあげたる泥けむり　（蝌蚪＝かと）

象徴性や寓意を持たせたものとの取り合わせ。この場合の泥けむりは「四十にしてまだある惑い」でしょうか。「名山に正面ありぬ干蒲団」。名山は目指すもの、干蒲団は日々の暮らしの象徴。「毎日に次の日のある土筆かな」の土筆は希望かもしれません。

炎天の号外裏面なかりけり

連想によるつながり。白紙の裏面は白帝や白昼を思わせます。やりきれないようなニュース、そして暑さ。「巴里祭《パリーさい》翅もつものは翅に倦み」はダンサー、「曾根崎の水照らす灯や蚊喰鳥」は曾根崎心中。「書割に釘の出てをり猫の恋」は舞台も整わないうちに始まった恋への連想。

西瓜喰ふまだ机なき兄妹

二つの要素で状況や情景を再現します。「電線の見ゆる月夜や新所帯」。周辺の町並みが見えてきます。「薬喰《くすりぐひ》敷居の溝の減りゐたり」は囲炉裏のあるような古民家。「寒椿雑巾に湯気立ちゐたり」「朝顔や足袋を持参の稽古事」など季語で建物の佇まいまで想像させます。

湯ざましに湯の香ありけり秋初め

「春待つや色麩ふたつのおかめそば」「空壜に空気のひかり猫柳」。**匂いや色合いなどでの取り合わせ**。「豆飯や落ちのつきたる艶話」ははっこりした感じ、「春愁や二本の腕のありどころ」はけだるさ。「俎《まないた》に鱗積もりぬ夕桜」には鱗から花びらへの連想もあります。

長靴に踵あそべる野分かな　（踵＝かかと　野分＝のわき）

野分の大景と長靴の中の**対比**。「駅弁の箸短しよ鳶《とび》の秋」はせせこましく食べる駅弁と鳶の大空。「そら豆の花に大きな月上がる」も大小を取り合わせました。「空をゆく鳥の体温初氷」は温度差。「渡り鳥近所の鳩に気負なし」も目標を持って飛び続ける渡り鳥と町なかの鳩。

26 上田五千石……瞬時の把握

五千石が作句信条を表明したものに〈眼前直覚論〉があります。「もの」と出会った瞬間に、その感動を鋭くかつすばやく詠むことを提唱しています。その状況に出会ったときに感じた、その感動の核となるものを瞬時に把握する——。これはなかなか鍛錬が要りそうです。

もがり笛洗ひたてなる星ばかり

木の枝や電線などを冬の烈風が笛のように鳴らすのがもがり笛。そんな冬の夜空の星を「洗いたて」と把握しました。**見たものを感覚で**つかまないとなかなかこういう表現はできません。「青胡桃《くるみ》しなの空のかたさかな」は「かたさ」。「葉桜や天守さびしき高さにて」では「さびしき高さ」。「うち泣かむばかりに花のしだれけり」もユニークな把握です。

じゅつぽんの指くしやくしやに胡瓜もみ（胡瓜＝きうり）

動きのあるものやその状態をどう把握するか。「水馬《あめんぼう》水引つぱつて歩きけり」「秋の蛇去れり一行詩のごとく」など、**その特徴をひとつに絞って**詠みます。「芋虫の泣かずぶとりを手に賞《め》づる」では芋虫がまるまると太った理由にふと思いが至りました。

汀線の際立つ白さ冬に入る

とりとめもなく景色を眺めていても句はできません。**その景色の核心をつかんで詠みます。**「みどり子に光あつまる蝶の昼」「駐在所紅一燈の春の暮」「むきだしの仏の肩も寒の内」など、**どこか一点へフォーカスする**ことも効果的です。

牡蠣といふなまめくものを啜りけり

「ひと言でいうとこれはなんだろう」と自問自答します。「祖母といふふところありき草の餅」「まなぶたはまなこの蓋や春の風邪」「落丁のごときいちにち爽やかに」など隠喩や直喩など、喩えの技を磨いておくことが必要です。

啓蟄に引く虫偏の字のゐるはゐるは（啓蟄＝けいちつ）

芭蕉は「物の見へたるひかり、いまだにきえざる中にいひとむべし」といいました。「おとがひにあてて涼しき指二本」。まさに石田波郷のいう**「打坐《たざ》即刻のうた」**です。

27 長谷川櫂……切れ字「かな」を使いこなす

〈や・かな・けり〉は切れ字の三羽烏。なかでも〈かな〉は用い方でいろいろ味わいの出る切れ字です。句が古臭い印象になると言って敬遠する向きもあるようですが、そんなことはありません。せっかくの伝家の宝刀〈かな〉をもっと使いこなしましょう。

はるかなる旅のこころの初湯かな

深い詠嘆の〈かな〉。「恋猫の声のまじれる夜風かな」「おのづから裂けはじめたる芭蕉かな」「あかあかと日の沈みゆく枯野かな」「やはらかに押しあへる巣の燕かな」。下五へ向けて流れるように読み下します。「湖の中洲のくらき蘆火《あしび》かな」は蘆火へズームイン。

水底の砂の涼しく動くかな

さらりと流す〈かな〉。「新緑に含みて釘の酸《す》ゆきかな」「雪渓の石くれがちとなりしかな」などは動詞・形容詞・形容動詞につく〈吹流しのかな〉と呼ばれます。「よぎりたる月鉾みえし小路かな」「けさ秋の伊豆のみえたる机かな」では視線を自分の居場所へ導きます。

五千冊売つて涼しき書斎かな

なにがなにして〜という構成です。「畳まれてひたと吸ひつく屏風かな」「刃に触れて罅《ひび》走りたる西瓜かな」「揺りゆれて花揺りこぼす桜かな」など、上の句と因果関係で続きます。「悲しさの底踏み抜いて昼寝かな」。あまり悲しんだ結果、疲れて昼寝と相成りました。

暗闇に水の湧きゐる椿かな

文章的にはつながっていますが、中七で意味的には切れます。「朝刊の扉にささる氷湖かな」「家中の硝子戸の鳴る椿かな」。この**ねじれで味わい**が出ます。「皺深き顔あらはれし蘆火かな」「畳目に箒のひびく旱かな」も中七ですっと位相がずらされています。

禅寺は秋の虫干日和かな

〈**AはB**〉というカタチです。「涼しげな皿は鱸《すずき》の洗ひかな」「蓴菜《じゆんさい》の椀は月光びたしかな」も同様です。「崩れ簗《やな》水のすぎゆくままにかな」「大榾火《おほほだび》したたる水のごときかな」「紙ひひな紙の折り目のつよさかな」は上五が主語。助詞の〈は〉が省略されています。

28

渡辺白泉……風刺画を描く

風刺はときに社会を変える力を持ちます。渡辺白泉には、あたかも風刺画に添えられてある一行ではないかと思えるような句があります。テーマは戦争を中心に世相や暮らし、愛など。ブラックユーモアで味つけし、誇張でインパクトを高めています。

戦争が廊下の奥に立つてゐた

憲兵が逆光の中、廊下の奥に立っています。**まさに風刺画という句**。「繃帯を巻かれ巨大な兵となる」「夏の海水兵ひとり紛失す」「玉音を理解せし者前に出よ」などもひとコマの風刺漫画が目に浮かびます。「憲兵の前で滑つて転んぢやつた」は緊張の場面。

銃後といふ不思議な町を丘で見た

こちらは戦時下の**暮らしの風刺**。「新しき猿又ほしや百日紅《さるすべり》」には「終戦」の前書があります。街の風景は「いくさすすみ女の多き街こののち」となりました。「ひらひらと大統領がふりきたる」「吊革に同じ落日を見つゝ帰る」と戦後が始まりました。

顔二つきまり始まるダンスかな

風刺を込めた**戯画**。当時の**世相を皮肉な目**で眺めます。「腰浮いて春の蚊つかむ男かな」「冷房の少女の鼻梁大なりき」などはまるで北斎漫画を思わせます。「鳥籠の中に鳥とぶ青葉かな」「かまきりが墓の羅馬字《ローマ》わたりゐる」も揶揄《やゆ》を込めた句。

わが頬の枯野を剃ってをりにけり

心象風景をユーモアに包みました。「桐一葉落ちて心に横たはる」「わが胸を通りて行けり霧の舟」は失意の風景。「蓋のない冬空底のないバケツ」は行き場のない怒りでしょうか。「鶏たちにカンナは見えぬかもしれぬ」はまばゆいような光の中での喪失感。

ねこしろく秋のまんなかからそれる

「まつしろな眼帯をして野にゐたり」「行雁の僕を見てゆく一羽かな」。**幻想の風景に象徴性を**持たせました。「気の狂つた馬になりたい枯野だつた」。枯野は作者の心なんでしょう。「一粒の露の楕円を愛しけり」「秋の夜や宇宙を点とみる努力」は瞑想のひととき。

29 辻　桃子……俗を取り込む

俳諧は俗を取り込むことでエネルギーを得、その世界を豊かにしてきました。当世の風俗の中に俳諧味を見出すというのも俳句です。作者の俳句は「なんとこんなことも俳句にできるのか」というのびのびとした作風。サービス精神にあふれた句でもあります。

麦秋のソースじやぶりとアジフライ

俗な素材を思い切って句に取り入れます。でも季節感たっぷりです。「老鶯をきくズロースをぬぎさして」「ケンタッキーのをぢさんと春惜しみけり」「定食にきつねがついて放生会」も笑えます。「セブンイレブン別れがたくて卒業子」は当世街角スナップ。

包丁を持つて驟雨にみとれたる

「雛の夜の磨り減らしたる下ろし金」。台所道具などを盛り込んだ**日常感覚の句**。「揺籐椅子ゆれてゐるのも退屈な」「梨食うてすつぱき芯に至りけり」。そんなこと、あるあると共感を呼びます。「かき氷巨き洞窟つくるべし」。大仰な言い方がとぼけた味わいを生んでいます。

胴体にはめて浮輪を買ってくる

日常生活を見回せばこうした滑稽な場面があれこれ見つかるはず。「盆棚の白桃が尻ならべたる」「タコ型に干さるる蛸《たこ》も盆の市」「扇風機折々ぐはと叫ぶなり」。なんでもないところに面白味を発見します。「春昼の鞄の中をかきまはす」は自分自身の戯画化。

虚子の忌の大浴場に泳ぐなり

天国の虚子も思わず苦笑いしているでしょう。「薪能焼き肉にほひきたるなり」「長月のてんぷらあぶら古りにけり」「銭湯の富士山に年改まる」。**伝統的なものに卑近なものを**持ってきました。「芋煮会流派家元ありにけり」は逆。なんと芋煮会に家元がありました。

めし粒のながれてゆきぬ黄のあやめ

「ゴム紐に力なくなりみみず鳴く」「猫イラズお縁に置いてお茶の花」。**こんなものまでが俳句になるのかと**驚かせられます。「泣いて泣いて鼻紙の山穂わた飛ぶ」「換気口熱気の出づる木槿《むくげ》かな」は取り合わせの妙。「上りホーム下りホームに卒業子」は小さな発見。

30 正岡子規……即興句の極意

正岡子規といえば〈写生〉。でも句会では一題十句といった即興句をよく作っていました。その場合は、目の前のものを写生するというより情景をどう組み上げるか。瞬発力が勝負となります。そんな子規に、即興的な句づくりの極意あれこれを伝授してもらいましょう。

若鮎の二手になりて上りけり

はっとした瞬間の切り取り。「大佛の鼻の穴より虻一つ」も同じです。「般若寺の釣鐘細し秋の風」「北国の庇《ひさし》は長し天の川」など、どこか気になったところを掬《すく》い上げて一句に仕立てます。「摘草や三寸程の天王寺」は手早くスケッチしたような写生句。三寸が上手いです。

六月を奇麗な風の吹くことよ

簡潔で爽快。「芥子《けし》咲いて其日の風に散りにけり」は時間経過。「道ばたの佛も秋の夕かな」は叙景。いずれもゆったりと上五を詠んであとは**一気に詠み下した心地よさ**があります。「赤蜻蛉筑波に雲もなかりけり」「大凧に近よる鳶《とび》もなかりけり」なども印象鮮明な句。

故郷はいとこの多し桃の花

帰郷の楽しさ。桃の花で懐かしさが匂からあふれ出ます。「芋阪の団子屋寐たりけふの月」「あたゝかな雨がふるなり枯葎《かれむぐら》」「池の端《は》に書画の会あり遅桜」。**気合で取り合わせた**気持ちのよさがあります。「下り舟岩に松ありつゝじあり」は生中継のような句。

毎年よ彼岸の入に寒いのは

母親の言葉がそのまま句になりました。**身の回りの人とのやりとり**をそのまま詠みます。「いくたびも雪の深さを尋ねけり」は病床で。「つり鐘の蔕《へた》のところが渋かりき」はつりがねという柿をもらっての即吟。「ある僧の月も待たずに帰りけり」にはドラマがあります。

春風にこぼれて赤し歯磨粉

「夏嵐机上の白紙飛び尽す」「椎の実を拾ひに来るや隣の子」「豆腐屋の来ぬ日はあれど納豆売」「蚤とり粉の広告を読む牀《とこ》の中」。いずれも**身辺雑記**です。吟行に出なくても家の中に句材は山とあります。「糸瓜《へちま》咲《さい》て痰のつまりし佛かな」はなんと死後の自分の写生です。

31 鷲谷七菜子……流麗な一句一章

一句の中に句切れがないのが一句一章。芭蕉は〈金《こがね》を打ちのべたる〉ように詠むべしと言いました（「去来抄」）。俳句の構文の一つ（句中に切れがあるものは二句一章と呼びます）。一気に読み下してたっぷり余韻を響かせます。

桐一葉影よりも音残しけり

切れ字の〈けり〉でさらりと終わる。流麗です。「蛭《ひる》落ちて山雨の冷えの走りけり」「夕立のしぶき淡海をかくしけり」「寒鴉羽うちておのれ醒ましけり」。**景色の一点に絞ってその感動を**詠みます。「万緑をしりぞけて滝とどろけり」は万緑を凌駕《りょうが》する滝の勢い。

藤咲いて天のしづけさ垂れにけり

「ひとすぢの涼気の文《ふみ》の来りけり」。**対象をなにかに喩えてそれだけでシンプルに**詠みます。「夢さめしかにかたかごの咲きにけり」「菜が咲いて吊鐘かるくなりにけり」も同じ。「眉ひろく大暑の山と向ひけり」「打明けむためらひ団扇《うちは》落ちにけり」は自分の所作。

一村に風のはじまる刈田かな

「夕日より人歩みくる暮春かな」。**季語を下五に据えた**〈**かな止め**〉。安定感のある句になります。季語をどういう角度から捉えるかがポイント。「くれなゐをしぼりて楓《かへで》冷ゆるかな」は〈**吹流しのかな**〉。動詞や形容詞などに付けて軽くさらりと流すように使います。

単衣きりりと泣かぬ女と見せ通す　（単衣＝ひとへ）

「わが息の合ひて蛍火明滅す」「連翹《れんげう》のひかりに遠く喪服干す」。下五を〈**動詞で終える型**〉。**きっぱりとした格調**のある句です。「正月の凧の一つの睥睨《へいげい》す」は擬人化。「末枯《うらが》れて流水は影とどめざる」「稲刈つて村洗はれしごと点る」などは上五で軽く切れます。

水貝を噛んでいま亡き人の数

〈**体言止め**〉です。「秋の夜の車窓つめたき指のあと」「利休忌の海鳴せまる白襖」「白粥の日数のなかの寒ざくら」。上五、中七で詠み下してきた情感をしっかりと下五で受け止めます。「赤子泣く家の大きな鏡餅」。鏡餅がその家の家風を示しているかのようです。

32 飴山 實……静けさを詠む

端正な句、静かな佇まいの句。そんな印象のある句です。心に沈積した思いや月日を俳句として表現する──。心静かに眺めれば余計な要素がそがれて澄み切ったような風景が見えてきます。そんな日をせめて月に何日かは持ちたいものです。

酒蔵の酒のうしろのちゝろ虫

音を詠むことで逆に静けさが伝わってきます。そんな秋の夜長です。「夜の底の挽き臼ひびく十二月」「しまひ湯にゐて聞いてをりほとゝぎす」。耳を澄ます作者のおだやかな表情が見えてきます。「鳥渡る夜空の音を肴とす」。まさに〈酒は静かに飲むべかりけり〉。

はなびらをのせて水くる嵯峨の藪

心の静けさ。瞑想に耽っているようなひととき。「水の香をしるべにしたりあやめ宿」「何もかも映りて加賀の田植かな」「花菜雨能登はなゝめに松さゝり」。**水のある風景**は静けさを表すのにぴったりです。「からたちの風ある午後の影つらね」はやわらかな風。

夕風となりたるころの朴の花

静かな時間が流れます。「月ひかりだすまでゐたり梅林」「誰かまづ灯をともす町冬の雁」などとこれまでの時間経過を感じさせるように詠みます。「天の川礁のごとく妻子ねて」「酢牡蠣してまならうらに雪ふりつゞく」は満ち足りたひとときを切り取りました。

燕去る径ひとすぢを峡の空　（峡＝かひ）

「比良ばかり雪をのせたり初諸子《もろこ》」。**遠眼差し**はその裏に作者のはるかな思いを秘めてもいます。「一山の花ながれゆく谷の空」とできるだけシンプルに詠むことでかえって印象深くなります。「クリスマス地平に基地の灯が赤し」の思いはちょっと複雑です。

白山の初空にしてまさをなり

透明感のある風景。「をだまきの影のうするゝ初瀬の雲」。できるだけ淡い色調におさえましょう。「涼しさや井戸をかたへの能舞台」も清涼感いっぱい。「小鳥死に枯野よく透く籠のこる」「夕空を花のながるゝ葬りかな」などは喪失感が滲む風景。

33 秋元不死男……以心伝心術

感情を表に出さずに詠むこと。でも分かってもらえなければ意味がありません。では読者へどんなヒントを盛り込んでおくべきか。事実だけを提示してそこから類推せよという作り方です。〈俳句は沈黙の詩〉と言う作者の〈以心伝心〉の技を学びましょう。

子を殴ちしながき一瞬天の蟬　（殴ちし＝うちし）

時間経過でその時の作者の心の動きを想像させる句。「残る蚊のひところ過ぎし誕生日」は無聊《ぶりょう》なひととき。「妻のみに抜けて智慧の輪虫の声」は夜長の家族団らん。「鉛筆の短軀たまれり別れ霜」は執筆が進まず反故《ほご》が山となった書斎が浮かんできます。

つばくろや人が笛吹く生くるため

そう、燕も餌を捕らえるために飛んでいます。「餡を練るとめどなく鳴く遠蛙」。このように**意味を補強する**ためのものを組み合わせます。「苗代や一粁《キロ》先に艦浮ぶ」は平穏な暮らしと戦争の対比。「めざましは妻に鳴る音梅雨の音」は寝起きの悪い梅雨の朝です。

聖き名の留学生の雑煮箸

「もの」に語らせるというのが不死男の〈俳句もの説〉です。不器用な手つきで雑煮を食べるさまが目に浮かびます。「靴の釘石もて曲ぐる野分中《のわき》」「虻鳴いて女の名刺匂ひけり」は憮然とした顔の作者。「カチカチと義足の歩幅八・一五」は義足がすべてを語ります。

咲くことは身をしぼること白あやめ

「やや寒の象に曳かるる足鎖」「縛されて念力光る兜虫」「蠅生れ早や遁走の翅《はね》使ふ」など、**寓意**で分からせる句です。「心中の崖を見あぐる氷柱《つらら》かな」「年の瀬や浮いて重たき亀の顔」は**象徴的な表現**。「潦《にはたづみ》あれば日があり卒業す」は**アフォリズム**です。

多喜二忌や糸きりきりとハムの腕

糸で巻かれたハムは獄舎での拷問などを連想させます。獄死した小林多喜二への作者の思いも伝わります。「靴裏に都会は固し啄木忌」も同じ。「針落ちし音雪嶺に響きけり」は洋裁師の尊父を亡くした人への弔電。「針」に**思いを重ねて**います。弔句のひとつの型。

34 後藤比奈夫……大胆に言い切る

「大柄の浴衣を匂ふごとく着て」など、はんなりとした句でも知られる作者ですが、なかなかどうして。関西人も俳句ではきっぱりとものを言います。ふっと感じたことを大胆に言い切る。言い切ることで詩が生まれます。さあ、あなたも自分の直感を信じて一句です。

水中花にも花了りたきこころ（了り＝おはり）

「止まることばかり考へ風車」。読者に「なるほど」と思わせる。「蠅除の四隅の一ついつも浮く」「登山靴には集つてゐる目方」。**ズバリと本質に迫ります。**「運び来し金魚の酔のすぐ戻り」。金魚も揺れれば酔います。「人の世の塵美しき雛調度」。美しい塵だってあります。

水遊びとはだんだんに濡れること

そうですね。水遊びに興じている子には際限がありません。こんなふうに、**ものごとを定義付けしてしまいましょう。**「かまくらといへる人待ち顔のもの」「夜はねむい子にアネモネは睡い花」「花おぼろとは人影のあるときよ」。断定することで〈詩〉が生まれます。

遠足といふ一塊の砂埃

「深秋といふは心の深むこと」。「AとはつまりBのことだ」と**言い換え**ます。「一会とは冬のすみれと庭帚」。箒と菫《すみれ》も一期一会です。「白魚汲みたくさんの目を汲みにけり」。ほかは透けて見えません。目だけです。「初景色大和言葉のごとくあり」は直喩。

連翹に空のはきはきしてきたる （連翹＝れんげう）

「脱ぎ了へしやすらぎ蛇の衣《きぬ》にあり」。そう見えるということですが**決め付け**ます。「父母に叱られさうな水着かな」「ラムネ飲みさうな男女のやつて来る」などは海水浴でのスナップ。「能舞台あれば必ず蟻地獄」。ここまで言い切られると小気味いい気がします。

鶴の来るために大空あけてまつ

　雲ひとつなく晴れ渡ったのは鶴を待つため。「秋風のこらへきれずに吹く日かな」。いままで秋風は堪えに堪えていました。「炎天が曲げし農夫の背と思ふ」「対岸といふものありて蛇泳ぐ」「かたまつてゐて凍鶴となりにくし」などと**ムリヤリ理由付け**します。

35 高野素十……一物仕立ての技

俳句はおおまかに分ければ〈取り合わせ〉と〈一物仕立て〉。ただそのものだけを詠む一物仕立ては類想に陥りやすい。季語を説明しただけの句になりがちです。「柊《ひひらぎ》の花一本の香りかな」のようにできるだけシンプルに詠みたいですがそれも難しい。ではどう詠むか――。

ひつぱれる糸まつすぐや甲虫

糸が伸びきった瞬間を切り取りました。「翅わつて天道虫の飛びいづる」「放屁虫あとしざりにも歩むかな」など、よく観察してその**動き**を詠みます。「水尾引いて離るる一つ浮寝鳥」「大いなる輪を描きけり虻の空」。遠景での動きはざっくりと捉えましょう。

大榾をかへせば裏は一面火　（大榾＝おほほだ）

大きな焚き木を裏返す。このようになにか**変化させて**みます。「天の川西へ流れてとゞまらず」。実際には流れていないものも流します。「触れてこぼれひとりこぼれて零余子《むかご》かな」など、ときには触ってみます。「くもの糸一すぢよぎる百合の前」とシャッターチャンスは逃さずに。

翠黛の時雨いよ〱はなやかに　（翠黛＝すいたい）

翠黛とはみどりにかすむ山並み。**時間の経緯**で句にふくらみを持たせます。「雁の声のしばらく空に満ち」「夜の色に沈みゆくなり大牡丹」「一本の宮の桜の散り了る」。読者は作者と時間の流れを共有します。「芋虫の一夜の育ち恐ろしき」。ハハハ、これは愉快。朝にもう一度確かめてみました。

夕ぐれの葛飾道の落穂かな

「ひる飯の鹿島の宮の茗荷汁」「指ふれて加賀の春霜厚かりし」などと**場所を特定する**のも、ひとつの手。「煤竹の女竹の青く美しく」「天道虫だましの中の天道虫」とその中のひとつにスポットを当てたり「その寺につきたる時の夕牡丹」などと時間を特定したりもできます。

甘草の芽のとび〱のひとならび　（甘草＝かんざう）

「草の芽俳句」と言われ物議を醸した句。でも**韻を踏んだ調子のよさ**で一度読んだら忘れません。「たべ飽きてとん〱歩く鴉の子」「藁砧とん〱と鳴りこつ〱と」「こん〱とごん〱とこれ迎鐘」「稲光きく〱〱と長かりし」などは**オノマトペ**が軽快です。

36

片山由美子……着眼力

「盆僧の風のごとくに廊を過ぎ」など、喩えは俳句のレトリックの基本中の基本ですが、ほかにもマスターしたい技がいろいろあります。でもそこへひとひねりしないといけません。基本技にさらに磨きをどうかけるか。ポイントは対象への目のつけどころです。

ゆがみたるときの七色しゃぼん玉

対象を漫然と眺めていても句は浮かんできません。「ひとところゆつくり見せて走馬灯」。このように「はっ」と思った**瞬間を切り取り**ます。「戻り来し猫の鈴の音クリスマス」「こめかみに柝《き》のひびきけり初芝居」は音に着目しました。

脚立より帽子下りくる袋掛

特徴をとらえてその**部分を強調**する。この場合は作業している人の大きな麦わら帽へ焦点を定めています。「節といふ美しきもの今年竹」「笛方の遠まなざしの涼しさよ」「庭下駄に柾目のとほり蟬時雨」なども「節」「まなざし」「柾目」に焦点を当てました。

まだもののかたちに雪の積もりをり

でもこれからまだまだ雪は降り続くわけです。「小鳥来る雨の洗ひし石畳」「藤房のせつなき丈となりしかな」。このように、**移り変わりゆくもののある時期**を詠んで、読者にその前後を想像させて句にふくらみを持たせるやり方です。

黒板のつくづく黒き休暇明

まだ授業もなく、黒板はきれいに拭かれたままです。まだ書き込みはありません。「ここまでは来ぬはずの波さくら貝」など〈**いまは無いもの**〉**からの発想**です。「墨を磨るほかに音なき白障子」ではほかに音がないということで墨を磨る音を強調しました。

退屈な蠅取リボンよぢれだす

対象のキャラクター的なところを切り取ります。そしてそれにいのちを吹き込みます。「雪解川《ゆきげ》わきめもふらず流れけり」はひたすら激しく流れる雪解川。「大仏の遊ばせてゐる寒雀」。これはなるほど大仏らしい。「短日や運河の水のやつれゐて」と運河も疲れます。

37 川端茅舎……喩えの名手になる

俳句は形容詞だけでは具体的な像が読者に浮びません。こんなときに威力を発揮するのが直喩や隠喩です。写生するに当たってはまず「このかたちはなにかに似ていないか」と発想してみましょう。動きを表すのには擬態語や擬音語（声喩とも呼びます）も有効です。

一枚の餅のごとくに雪残る

かたちや状態を喩える。一枚ということで雪の分量も分かります。「ぜんまいののの字ばかりの寂光土」では文字のかたちに喩えました。「引かれたる葱のごとくに裸身なり」は冬の日光浴。いかにも寒々しい印象です。「大山はナポレオン帽春の雲」は春風駘蕩の趣き。

ギヤマンの如く豪華に陽炎へる（陽炎へる＝かげろへる）

光や色艶を喩える。ギヤマンはガラスのことですがオランダ語のダイヤモンドに由来しています。「硝子戸に天鵞絨《ビロウド》の如蟲の闇」はやわらかな手触りのあるような闇。「月見草ランプのごとし夜明け前」。空が明るんでくるのに先がけて月見草が灯りました。

金剛の露ひとつぶや石の上

「亀甲の粒ぎつしりと黒葡萄」「山帰来石は鏡のごとくなり」。金属や鏡など、**硬質なもので光沢を感じさせました**。「青き踏む叢雲《むらぐも》踏むがごとくなり」。こちらはむら雲のようなやわらかな感触。「椎拾ふ一掬《いっきく》の風てのひらに」は一掬の風で軽やかさを表現しました。

良寛の手鞠の如く鶲来し（鶲＝ひたき）

動きを喩えました。手鞠唄で突かれているような動きなんでしょうか。可愛いです。「若竹や鞭の如くに五六本」では若竹の撓《しな》りを鞭に喩えました。「ひら〳〵と月光降りぬ貝割菜」「蜂の尻ふは〳〵と針をさめけり」などは擬態語で動きを印象付けています。

咳き込めば我火の玉のごとくなり

「咳止めば我ぬけがらのごとくなり」との対句。**誇張法**です。「しぐるゝや目鼻もわかず火吹竹」では目も鼻も口も一つにして火を熾しているところ。「春月や穴の如くに黒き犬」。月に照らされてじっと動かない犬をなんと「穴」に喩えました。ちょっと意表を突きます。

38

金子兜太……象徴としての動物

「やせ蛙まけるな一茶これにあり」は一茶。兜太は「雨蛙退屈で死ぬことはない」と語りかけます。これは一例。諧謔《かいぎゃく》、詩情、象徴、たくましい生命力などをテーマに、多種多様な動物の句を詠んでいます。登場するのは蝶や蛍などの昆虫からジュゴンまで多士済々です。

おおかみに螢が一つ付いていた

狼は古代から神として祀られていました。狼は土着の思想、蛍は詩の**象徴**でしょうか。「朝はじまる海へ突込む鷗の死」。鷗は特攻隊員を思わせます。「山楝蛇《やまかがし》の見事なとぐろ昼寝覚」。山楝蛇は猛毒があります。さてどんな夢だったんでしょうか。

銀行員等朝から蛍光す烏賊のごとく　(烏賊＝いか)

喩えとしての生きもの。蛍光を発する銀行員たち。血の気がありません。「原爆許すまじ蟹かつかつと瓦礫あゆむ」。かつかつと歩む蟹は遣り場のない怒り。「閑古鳴く女さらさら帯を巻く」。閑古鳥は郭公《かっこう》のこと。物寂しいような佇まいの女性が浮かんできます。

梅咲いて庭中に青鮫が来ている

自分の想念があふれて眼前に鮫が現れました。「谷に鯉もみ合う夜の歓喜かな」。生命力あふれるものとしての鯉。「冬眠の蝮《まむし》のほかは寝息なし」「熊蜂とべど沼の青色を抜けきれず」「蛾のまなこ赤光なれば海を恋う」などは**自分の思いを動物に重ねた句**。

蝌蚪つまむ指頭の力愛に似て（蝌蚪＝かと）

「露舐める蜂よじつくりと生きんか」「縄文の蟬が詩人の腹の上」「山みみずぱたぱたはねる縁ありて」。**小動物との交感**。やさしい眼差しです。「疲れ眼に蜂の呟き一瞬あり」。蜂がくれたひらめき。「鎌鼬《かまいたち》絶妙な彼奴のジョーク」。ハハハ、切れ味のいいジョークです。

今日までジュゴン明日は虎ふぐのわれか

滑稽味あふれる句。明日は不機嫌です。「海鼠《なまこ》に酢われに褌《ふんどし》関わりなし」。そりゃそうです。「大頭の黒蟻西行の野糞」「天井に宮本武蔵冬の蜂」。取り合わせがすごい。「熊立ち上がる腹痛かもしれぬ」「白狐ふいに跳びたり当てなしに」などと余計なことまで考えます。

39 今井 聖……日常から詩を切り取る

吟行に行く時間もないし、自然に囲まれた生活というのでもない、俳句を作る余裕なんてない──。そんなあなたに日常の暮らしの中から俳句を生むコツを伝授します。日常の破片を詩に変えてしまうマジックです。

基地沿ひにすすむ石焼藷の旗

おやっと思わせる**意外な取り合わせ**を狙います。この句では基地と焼芋屋の旗。のんびりとした呼び声と緊迫感のあるジェット機の離陸音の対比です。ほかに「秋晴のスコアボードから笑顔」「紙雛ゴリラの檻に貼ってあり」「菜の花の斜面を潜水服のまま」など。

満載の家具ゆく聖夜高速路

ただの引越しですが、クリスマス。高速路のテールランプのつらなりがまるで聖樹のようです。**なんでもないような事柄も季語との取り合わせで詩を生みます**。「単三電池四個で動く冬銀河」。動くのは電気製品なんでしょうが、こう詠まれるとファンタジックです。「体育のマットの匂ひ野分《のわき》晴」「陽炎や制服の肘てらてらと」も季語の働きで一句になりました。

冷蔵庫の音のいつしか海鳴りに

卑近なものから詩を生み出すマジック。「捨てられしブラウン管と月見草」「刈田道豆腐一丁暮れにけり」「白墨の箱を開ければ蝸牛《かたつむり》」。季語の力を信じてシンプルに詠みます。

祭手拭深夜の電話ボックスに

電話ボックスの中でどんな会話が交わされたのか気になります。「朝寒の道を箸箱鳴りどほし」「二日目の転校生へ赤蜻蛉」「職分として蟷螂《たうらう》をつまみ出す」「冬日さす駅長室の鼠捕り」など、いずれも**日常生活の断片を詠んでドラマを感じさせる**句です。

トマト炸裂教会の白壁に

激しい動きを詠む。白壁へ真っ赤なトマトが飛び散ります。臨場感を出すにはできるだけ**アップの映像が浮かぶように**というのがポイント。「一斉に小鼻がひらき神輿《みこし》立つ」では小鼻、「灼くる太腿ハードルを倒し倒し」は太腿へズームを利かせました。

40

阿波野青畝……一点に絞り込む

俳句は削ること、省略が大事だとよく言われます。でも結局、省略は、なにに絞り込んで詠むかだと思います。素材（季語である場合が多い）のよさを損ねないように、かつ類想にならないように…。思い切ってなにか一点に絞りを利かせましょう。

露の虫大いなるものをまりにけり

びっくりするような糞をしたところ。まず**動きに注目**します。「白魚のまことしやかに魂ふるふ」「凍鶴が羽ひろげたるめでたさよ」は動きの形容。「てのひらをかへせばすゝむ踊かな」「浮いてこい浮いてお尻を向けにけり」では動きの特徴を捉えました。

鮟鱇のよだれの先がとまりけり

なんとよだれの先にまで！　**対象の一部分へ的**を絞ります。「夏の日や鍼のごとくに滝しぶき」ではしぶき。「羽抜鶏かくしどころも抜けにけり」。おやおやこんなところに目がいきました。「大山の火燵をぬけて下りけり」。大山↓宿↓炬燵《こたつ》へ一気にズームインです。

白魚は仮名ちるごとく煮えにけり

煮える一瞬へ絞り込んだ一句、**直喩**です。如くの句は詠むなとか言われますがそんなことはありません。「乱心のごとき真夏の蝶を見よ」「火の山のマグマのごとく錦せり」などと鮮やかに決めれば勝ちです。「マハ椅子に凭《よ》るがごとくに花疲」はゴヤの「裸のマハ」。

朝夕がどかとよろしき残暑かな

「来しかたを断くもてらくなめくぢら」「げじげじの命ちりちりばらばらに」「作り雨金魚ちりぢりちりぢりに」。**擬態語**を生かします。「大き尻ざぶんと鴨の降りにけり」「秋の谷とうんと銃《つつ》の谺《こだま》かな」。ストレートに伝わる**擬音語**も省略の技の一つです。

念力もぬけて水湊たらしけり

「片蔭の大きな谷ができにけり」。対象を絞り込んで**大仰に言い放ちます**。「わが咳けば百巻ひびく庵かな」もとぼけた味。「寒波急日本は細くなりしまま」は天気図から日本列島への連想でしょうか。「うごく大阪うごく大阪文化の日」はリフレインが効果的です。

41

小澤　實……転じる

俳句の発想法の一つに、なにかを起点として（季語である場合が多いですが）転じてみせるというのがあります。視線を転じたり、話を少し展開させてみたり、時間や時代を遡ってみたり…。連想を転じていって最初のものとは違ったものを持ってくるという方法もあります。

本の山くづれて遠き海に鮫

本の山から海へ、そして鮫へ。**目の前のものから大景へ転じる**というのは俳句の基本のひとつです。「わが細胞全個大暑となりにけり」。こちらはなんと細胞が起点。「太陽の黒点増ゆる春の風邪」。太陽という巨大なものから作者へカメラが切り換えられました。

みちのくのおほてらの池普請かな

陸奥から大寺へ、そしてその池へ。**マトリョーシカ**（入れ子人形）**構造**です。「白桃に微細なる虫狂ひけり」「水晶の大塊に春きざすなり」は**ものの内部へ**転じました。「岸遠き遊覧船に秋の蜂」「湖の島に人ゐる春のくれ」は**ズームアップ**です。

子燕のこぼれむばかりこぼれざる

「くわゐ煮てくるるといふに煮てくれず」「噴井《ふきゐ》愛しぬ噴井に眼鏡落すまで」。時間を少しだけ転じます。いわば**漫画を一コマすすめた**ような感じです。「穀象のむくろを立たす立ちにけり」「蛸《たこ》の脚寸に刻めり寸動く」はしばらく観察してみた句。

蟻地獄良寛の毬ころがり来

蟻地獄を見ていてふと江戸時代の越後の良寛さんへ思いをはせました。「一休宗純五百年忌の山肌よ」は一休さん。そのほか「剃りてなほ明恵髭濃し樫若葉」「去来先生酔ひぶりいかに今年竹」「九十鉄斎九十北斎春の蠅」など、俳句なら**タイムトラベル**自在です。

ほたるぶくろほといふときの口の形

蛍袋→可憐な女の子の口元。起点となる蛍袋から**関連付けて連想を転じました**。「さらしくぢら人類すでに黄昏れて」も同じ。「蛇口の構造に関する論考蛭《ひる》泳ぐ」は形状および字面の類似性。「バーの扉の戻り強しよ三鬼の忌」は人物像からの連想つながり。

42 平井照敏……詩学を生かす

現代詩からスタートした俳人。句にも現代詩の手法が駆使されています。なかでも注目されるのが〈引用〉。他の文学作品を取り込んで句に膨らみや深さを与えます。ただそれらに関して知識を持っていないと句が味わえません。読者を選ぶ句でもあるので要注意。

サルビアの咲く猫町に出でにけり

「猫町」は萩原朔太郎の短編。猫であふれた幻影の町が登場します。一方、サルビアには幻覚物質が含まれています。これが**隠し味**。「金雀枝《えにしだ》に前世のごとき記憶あり」は兄を殺害して王になった弟の懺悔の話でしょうか。また金雀枝は魔女が飛ぶほうきにもなりました。「地を掘ればくろぐろと冬物語」「リヤ王の蟇《ひき》のどんでん返しかな」はシェークスピア。

フリードリヒ・ニイチエのごとき雷雨かな

「神は死んだ」と宣言したあのニーチェのような雷です。「初明りして胸中のモツアルト」「風光るこころの端の千利休」「一遍の秋空に遭ふ日暮れかな」などと**歴史上の人物**を登場させます。

「ガーベラの太陽王ルイ十四世」。ガーベラに王のイメージを重ねました。

たまゆらをつつむ風呂敷藤袴

「たまゆら」は玉響と書き「しばらくの間」の意。こうした**詩語**を生かさない手はありません。「陶棺の冷めたさ眉にのこりけり」。陶棺ということで思いは古墳時代へ。「雪しまく幽明の牛立ちゐたり」「芋の露天地玄黄粛然と」なども詩語で深みが出ました。

蟇楸邨宙に還りけり　（蟇＝ひきがへる　楸邨＝しゅうそん）

本歌取り。「蟇誰かものいへ声かぎり」（加藤楸邨）が浮かびます。「蜩《ひぐらし》の与謝蕪村の匂ひかな」は「秋もはや其《その》蜩の命かな」（蕪村）。「あさきゆめ梔子《くちなし》の香が濃かりけり」は〈いろは歌〉を思い起こさせます。「桜草寿貞はそつと死ににけり」は妻だったとも言われる寿貞への芭蕉の悼句を思い出させます。

青葉木菟父の声にてほうといふ　（青葉木菟＝あをばづく）

これは隠喩。「初明り光の繭のなかにゐて」は象徴、「冬の瀧力をためてゐたりけり」は擬人法、「とんと手をとんととび箱春の空」は頭韻です。さすが**レトリック**も多彩。

第三章

個性を打ち出す

自分はいったいどんな人間なのか――。
ひと言ではなかなか言い表せません。
でも思い切って自分の性格の
ある面に絞ってそれを強調しましょう。
個性を打ち出すということは
自分の俳人格を明快に設定して
俳句を作ることなのかもしれません。

43 杉田久女……ナルシシズムを格調高く

「紫陽花《あぢさゐ》に秋冷いたる信濃かな」「谺《こだま》して山ほととぎすほしいまゝ」。凛とした、それでいてどこか艶やかな久女の代表句です。この格調の高さはそのままに、物憂いような濃艶なナルシシズムを思わせるような佳句があります。さて自分に酔ってしまわずにどう詠むか。

花衣ぬぐやまつはる紐いろく

まつわった紐が女性の姿態のようにも思えます。「花見にも行かずもの憂き結び髪」「春の夜のねむさ押へて髪梳けり」。髪をフィーチャーして春の**アンニュイな気分**を横溢させました。「わが歩む落葉の音のあるばかり」「雨降れば暮るゝ早さよ九月尽」は回想。

風に落つ楊貴妃桜房のまゝ

妖艶な桜に**自分を重ねたような印象**があります。「春蘭にくちづけ去りぬ人居ぬま」「鶴舞ふや日は金色の雲を得て」は気が張って高揚した日。「夕顔やひらきかゝりて襞深く」「身の上の相似てうれし桜貝」「夜光虫古鏡の如く漂へる」はウェットな気分でしょうか。

海ほうづき口にふくめば潮の香

自分の仕草に愛しさを感じる。「睡蓮や鬢《びん》に手あてて水鏡」「指輪ぬいて蜂の毒吸ふ朱唇《しゆしん》かな」。そんな自分を眺める別の自分がいます。「緋鹿子《ひがのこ》にあご埋めよむ炬燵《こたつ》かな」「洗ひ髪かはく間《ま》月の籐椅子に」「月の輪をゆり去る船や夜半の夏」。うっとりした時間です。

東風吹くや耳現はるゝうなゐ髪　（東風＝こち）

自分の身体への愛着。風にやさしく吹かれた髪の感触を楽しむかのようなひとときです。「首に捲く銀狐は愛し手を垂るゝ」「鬢かくや春眠さめし眉重く」「新調の久留米は着よし春の襟」なども同じです。「病める手の爪美しや秋海棠《しうかいだう》」は病中吟。

張りとほす女の意地や藍ゆかた

「たてとほす男嫌ひの単帯」「落ち杏踏みつぶすべくいらだてり」。我が身への愛しい思いは、ときに**外部への激しい反発**となります。でも「水底に映れる影もぬるむなり」「鶴の影舞ひ下りる時大いなる」「月涼しいそしみ綴る蜘蛛の糸」などと気を取り直します。

44 櫂未知子……核心をつく

「ジッパー上げて春愁ひとまづ完」など歯切れのいい句で人気の俳句作家。ものごとの核心をずばりと言ってのける小気味よさは俳句ならでは。穿《うが》ちやシニカルな味付けもあったりで変化に富んだ句風です。その核心把握術を見てみましょう。

春は曙そろそろ帰つてくれないか

きっぱりとこんなふうに言ってみたいときが確かにあります。「葱は葱君は君だと思へばいい」「とむらひも吹雪もあなたには娯楽」など、**ストレートに言い放つ**心地よさがあります。

経験の多さうな白靴だこと

「木枯や脂ののつた赤ん坊」。ひと目で品定めしてしまう。そんな句です。「春宵の学生服の見苦しき」「なに着ても田舎臭くて桃の花」などと、なかなか手厳しい。「体力のある夕立と思ひたる」「白玉のきびしき貌《かほ》にゆであがる」なども一**瞬の把握**です。

性格が紺の浴衣に納まらぬ

自己分析でも核心を捉えます。「団塊の世代の下で冷えてをり」。そうですか、そんな世代なんですね。昔は「ぎりぎりの裸でゐる時も貴族」だったのに時を経て「わたくしは昼顔こんなにもひらく」「わたくしは夏のさかりのトタン屋根」となります。

余寒とはずらりと蛇口並ぶこと

定義付け。「言ってみれば〜だ」と断定します。「そう言われればそうだなあ」と妙に納得してしまいます。「春泥のそのごちゃごちゃを恋と呼ぶ」「しづかとは音を欲ること敗戦日」「不惑とはカンナの群れてゐるあたり」など。言い切ることで俳句になりました。

いきいきと死んでゐるなり水中花

「水中花がいきいきと死んでゐる」というだけではありません。水中花があるような喫茶店かレストラン。女たち（男たちかもしれませんが）のおしゃべりが続きます。そんな光景を見ての一句でしょう。「さびしいと言へば絵になる秋の暮」「花冷えや人を悼むに化粧して」「抽斗《ひきだし》の中うつくしき落第子」などもなかなか**穿った句**、**シニカルです**。

45 小林一茶……ひねくれ俳句

継母との確執や妻や子との死別など、その境涯は幸せなものとは言えませんが、なかなかしたたかな人生を送った一茶。「痩蛙まけるな一茶是に有」など小動物への優しい眼差しの句が有名ですが、なかなかどうしてその〈ひねくれぶり〉も大したものです。

涼風の曲りくねつて来たりけり

せっかくの涼風なのに、どうも素直になれません。「うつくしや障子の穴の天の川」などと**拗《す》ねてみせます**。「馬の屁に吹き飛ばされし蛍かな」。なんとまあ蛍も台無しです。「づぶ濡の大名を見る炬燵《こたつ》哉」「大名を馬からおろす桜哉」などは反骨精神。

酒五文つがせてまたぐ火鉢かな

無頼な感じで**横柄**です。でも「小座敷や袖で拭ひし菊の酒」と卑屈にもなります。「穀つぶし桜の下にくらしけり」「目出度さもちう位也おらが春」などと**不貞腐れます**。「ちう位」は信州の方言で「あやふや、どっちつかず」の意。

ともかくもあなた任せのとしの暮

「あなたまかせ」とは阿弥陀仏にお任せすること。浄土真宗の他力本願です。「梅が香やどなたが来ても欠茶碗」「梅干と皺くらべせんはつ時雨」「日が長いなんのとのらりくらり哉」など と**開き直ります**。「能なしは罪も又なし冬籠」。おやまあここまで言いますか。

心からしなのゝ雪に降られけり

　強がりばかりかというとそうでもありません。「淋しさに飯をくふ也秋の風」。しみじみと**弱音も吐きます**。「是がまあつひの栖《すみか》か雪五尺」と諦めの境地になったりもします。「露の世は露の世ながらさりながら」は幼いひとり娘を疫病で亡くしたときの句。

雪とけて村一ぱいの子ども哉

　人を罵ったり自分に拗ねてみたりの裏返しが**子供や小動物へのやさしい眼差し**となります。「猫の子がちよいと押へるおち葉哉」「遠山が目玉にうつるとんぼかな」「やれ打《うつ》な蝿が手をすり足をする」など、これがあのひねくれ一茶かと驚くほどです。

46 池田澄子……ボケとツッコミ

漫才の基本はボケとツッコミ。相方のボケに「なんでやねん！」「そんなあほな！」「知らんがな！」などと突っ込みます。上質の漫才はどこか池田澄子の句と相通ずるところがあります。さて作者がボケてみせました。あなたはどんなツッコミを入れますか。

颱風が逸れてなんだか蒸し御飯

「さあ分かりますか」という作者に、読み手は**「なんでやねん！」**と突っ込みます。しかし作者から答えは返ってきません。「冬麗の火の見櫓《やぐら》は恥ずかしい」「休憩のあと草臥《くたび》れる閑古鳥」「この先に泉があると言って帰る」などの難問を解くのは読者です。

じゃんけんで負けて蛍に生まれたの

「的はあなた矢に花咲いてしまいけり」。**「そんなあほな！」**という句です。で、そこからは読み手が物語を紡いでいかないといけません。「佛壇の桃を拝んでいるような」「落椿あれっと言ったように赤」なども読者サービスたっぷり。

蓬摘み摘み了えどきがわからない　（蓬＝よもぎ）

「気持ちよいかしら明滅して蛍」「うまく言えずなんかこうグラジオラス」「瞬いてもうどの蝶かわからない」など、ふとしたときのひとり言です。**「知らんがな！」**と突っ込んではみるものの、作者のその日常の中へ引きずり込まれてしまうことになります。

魚図鑑にデンキウナギがいつも一匹

「それがどないしてん！」という句。でもそのデンキウナギが気になって仕方がありません。なんだか作者の術中にはまった感じ。「ピーマン切って中を明るくしてあげた」「秋暑し耳朶《みみたぶ》ひっぱると伸びる」「花なずな胸のぼたんをひとつはずす」なども同じ。

カメラ構えて彼は菫を踏んでいる　（菫＝すみれ）

これはコント。「おかあさんどいてと君子蘭通る」「肩に手を置かれて腰の懐炉かな」なども**一コマ漫画**のような味わいです。ボケの名手になるには自分自身も含めて周りを感情抜きで客観的に眺めること。「顔をまだ洗っていない初鏡」と一年が始まります。

47 芥川龍之介……神経を研ぎ澄ます

「木がらしや目刺にのこる海の色」「労咳《ろうがい》の頬美しや冬帽子」「青蛙おのれもペンキぬりたてか」など技巧的で修辞に工夫を凝らした句が印象的な龍之介ですが、神経を病む、そんな感じの句があります。五感を研ぎ澄ました、強迫観念のような句です。

水洟や鼻の先だけ暮れ残る

前書に「自嘲」とあります。**神経が高ぶっているとき**など鼻先が見えて気になることがありますが、そんな感じでしょうか。「秋風や秤にかゝる鯉の丈」「葛水やコップを出づる匙《さじ》の丈」。物の位置や対称性にこだわるのは**強迫症状**だと言われますがそんな句なのかも。

木の枝の瓦にさはる暑さかな

「松かげに鶏はらばへる暑さかな」。枝や鶏の腹の感覚を自ら感じてしまうといった句です。ちょっと**神経質なくらいの触感**とでもいうのでしょうか。「初秋の蝗《いなご》つかめば柔かき」は、いかにも初秋の頃の懐かしいような柔らかさです。

兎も片耳垂るる大暑かな　（兎＝うさぎ）

兎の仕草に暑さを見出しました。「蝶の舌ゼンマイに似る暑さかな」は凝視する作者の視線に**病的な暑さの感覚**を感じてしまいます。「青空に一すぢあつし蜘蛛の糸」はいかにも繊細。「向日葵《ひまはり》も油ぎりけり午後一時」。向日葵も作者も油ぎっています。

ぬかるみにともしび映る夜寒かな

視覚からくる寒さ。ぬかるみに映る灯に硬質な感じを持ったんでしょうか。なんだか分かります。「抜き残す赤蕪いくつ余寒哉」「山茶花《さざんくわ》の莟《つぼみ》こぼるる寒さかな」などは〈赤〉に寒さを感じています。「竹林や夜寒のみちの右ひだり」は心細さが寒さにつながりました。

蜃気楼見むとや手長人こぞる　（手長人＝てながじん）

手長人とは九州に伝わる妖怪。腕の長さが二丈（約六メートル）あるといいます。そんな手長人たちが見詰める蜃気楼です。ほかにも「落武者の夕日をひゆく薄《すすき》原」「蛇女みごもる雨や合歓の花」など、**奇想の句**をかなり残しています。

48 加舎白雄……余情をさらりと

さらりと仕上げて余韻を残す。その清新で現代的な抒情は、これが二百年以上前の俳人の句なのかと驚かせられるほどです。しかも表現はいたって平易、技巧を感じさせません。ではこのあふれるような余情はどこから生れるのか——。そのあたりを探ってみましょう。

人恋し灯ともしころをさくらちる

淡い憂いをふくんだような抒情があふれてきます。頭韻を踏んだ**調べが心地よく**響きます。「沢蟹のあゆみさしけり秋の暮」もA音の頭韻が利いています。「橋ひとつ野を繋ぎけりけふの雪」「鶴をりてひとに見らるゝ秋のくれ」なども現代的でいかにも繊細。

春の雪しきりに降りて止みにけり

ゆったりとした時間の流れが余韻を生みます。「夕風や野川を蝶の越えしより」「すゞしさは荒布波よる舳先《へさき》かな」。静謐なひとときです。「鳥雲に入りて松見る渚かな」「物がたり読みさして見る藤の花」なども作者の満ち足りたような視線を感じさせます。

鶏の觜に氷こぼるゝ菜屑かな（觜＝し・くちばしの意）

鶏の啄ばんでいる菜屑から氷がこぼれた一瞬を捉えました。「凩《こがらし》や大路に鶏のかいすくむ」「かけ捨てし蓑に秋たつ柱かな」など、**自分の感性を信じて**これまでの俳諧的情緒とは一線を画しました。「陽炎の眼にしみるばかりなり」も新鮮な感覚。個性的な把握です。

かたつぶり落ちけり水に浮きもする

軽やかで、てらいのない句。「更衣《ころもがへ》簾のほつれそれもよし」「七種《ななくさ》のそろはずとてもいはひかな」「何よりのこゝろすゞしき扇かな」。**気負いなく淡々と**詠みます。「さうぶ湯やさうぶ寄りくる乳のあたり」（さうぶ＝菖蒲）「美しや春は白魚かひわり菜」などはリズム感も魅力。

身ひとつを鵜につかはるゝ火影哉

「甲斐なしやうしろ見らるゝ負角力」。さらりとした詠みぶりですが対象の人物への**嫌味のない情**を感じさせます（角力＝相撲取り）。「旅人の窓よりのぞくひゐなかな」「酒くさき人に蝶舞ふすだれ哉」「大根引案山子も引きて戻りけり」なども優しい眼差しで見つめた一句。

49 西東三鬼……虚無感を醸し出す

「異邦人」（カミュ）の主人公ムルソーは母親の葬儀に涙も見せず、たまたま出会った旧知の女と情事に耽ります。トラブルに巻き込まれてアラブ人を射殺しますが、殺人の動機を問われて「太陽が眩しかったから」と答えます。なんだか三鬼のイメージと重なります。

蓮池にて骨のごときを掴み出す

驚いた風でもありません。**感情を込めずに**、ただ〈なにかを掴んだ〉というだけ。「枯蓮のうごく時きてみなうごく」「西日中肩で押す貨車動き出す」なども冷徹な視線です。「広島や卵食ふ時口ひらく」は被爆後の広島。でも**現実の提示**だけです。

穀象の群を天より見るごとく

なにごとにも**無関心**。米櫃《こめびつ》の中の穀象虫のうごめきも平然と神のごとくに眺め下ろします。「傍観す女手に鏡餅割るを」「哭く女窓の寒潮縞をなし」と女にも冷淡。「雌が雄食うかまきりの影と形」「春画に吹く煙草のけむり黴の家」と**我関せず**です。

夜が来る数かぎりなき葱坊主

「青沼に樹の影一本づつ凍る」。これらは心象風景でしょう。いかにも**救いのない、不安に満ちた情景**です。「穀象の一匹だにもふりむかず」「炎天の人なき焚火ふりかへる」。**孤独感**にあふれています。「暗く暑く大群集と花火待つ」も群衆の中の孤独。

蟻地獄暮れてしまへり立ち上る

日暮れまでじっと見詰めていたんでしょうか。で、なにごともなかったように立ち去ります。

背徳の匂いを醸し出す句。「梅雨はげし百虫足《むかで》殺せし女と寝る」「美女病みて水族館の鱶《ふか》に笑む」などと女性への**愛情もどこか歪んで**います。

炎天の犬捕り低く唄ひ出す

「赤き火事哄笑せしが今日黒し」「緑蔭に三人の老婆わらへりき」「頭悪き日やげんげ田に牛暴れ」。まるで**不条理劇を見ているような感覚**にさせられます。「つらら太りほういほういと泣き男」「氷柱《つらら》くわえ泣きの涙の犬走る」など、不条理はときにコミカルでもあります。

50 三橋鷹女……孤高なる精神を詠む

「一句を書くことは、一片の鱗の剝脱である」。三橋鷹女は孤高という言葉が似合う俳人です。自分を恃《たの》む気持ちが強いほど、その分、人への反撥や自分の内面心理をさらけ出さずにはおれません。女の情念の常闇には熱いマグマがいまにも噴き出そうとしています。

白露や死んでゆく日も帯締めて

「ひた泳ぐ白鳥遠きものを視て」「女一人佇てり銀河を渉るべく」。**凜とした作者の佇まい**が見えてきます。「日本のわれはをみなや明治節」と気骨を見せたり「炎ゆる間がいのち　女と唐辛子」「終止符をこころに遠く冬木立」などと思い切りのよさもあります。

夏痩せて嫌ひなものは嫌ひなり

きっぱりと言い放ちます。「初嵐して人の機嫌はとれませぬ」。自分を曲げることはしない。「鞦韆《しうせん》は漕ぐべし愛は奪ふべし」と意志を通します。「火の海や　口を開けば　火の焔」と**反撥**もしますが「雪中に釘打つはわが胸に打つ」と傷ついたりもします。

千の蟲鳴く一匹の狂ひ鳴き

「十方にこがらし女身錐揉《きりもみ》に」「心中に火の玉を抱き悴《かじか》めり」「卯月来ぬ自分に飽きてゐる自分」などと**内面の葛藤**も大きくなります。「百日草　がうがう海は鳴るばかり」「この樹登らば鬼女となるべし夕紅葉」「墜ちてゆく　炎ゆる夕日を股挟み」などは**女の情念の世界**。

焚火する孤りの影をたきしろに

自恃《じじ》の心は**孤立を恐れない**心でもあります。しかし「ふらここの天より垂れて人あらず」「孤独なりさぼてん蒼き花を挙げ」「炎天を泣きぬれてゆく蟻のあり」と**孤独**です。ときには「笹鳴に逢ひたき人のあるにはある」などと弱音も吐きます。

巻貝死すあまたの夢を巻きのこし

「囀《さへづ》りや海の平らを死者歩く」。**幽玄の美**とも言えるような句。「雁渡るをんなの影を地に残し」「さやうなら霧の彼方も深き霧」という淋しい句もあります。「無花果《いちじく》やふるさとは亡き人の数」「をちこちに死者のこゑする蕗のたう」。**死は安らぎのイメージ**なのでしょうか。

51 中原道夫……はにかみの抒情

情感を盛り込もうとすると独りよがりになったり、類想があるものになってしまうというのが俳句です。抒情を前面に出すのが照れくさいということもあります。でも抒情にあふれた句を詠みたい…。そんな方におすすめなのが、中原道夫流抒情俳句術です。

白魚のさかなたること略しけり

透き通るような笊《ざる》一杯の白魚。ため息の出るほど美しいと思います。でもちょっと**観点をずらせて**詠みます。あえて「略しけり」と身も蓋もないような言い回しをする。「みのむしの蓑独創をつつしめり」の「独創」も同じ。「雪暮れや憎くてうたふ子守唄」は穿《うが》ちです。

縁側欲し春愁の足垂らすべく

春の物憂い午後です。なんだか自意識過剰な句を詠んでしまいそうです。でもここで塩胡椒少々。「あ〜ぁ、それにしても縁側のあるような暮らしをしてみたいものよ」と**下世話な要素**を盛り込みます。「朝曇けふも混みあふ死亡欄」でも「死亡欄」とぶっきらぼうです。

花衣たたむに邪魔な翼あり

鶴のような美人なんでしょう。そんな**連想**で**味付け**します。「花筏黄泉《よみ》に客引く舟だまり」では花筏を黄泉への客引きと見ました。「干草にゆふべの星の紛れ入る」では一番星を干草の中へ紛れ込ませます。連想は作者の照れ隠しでもありますが、それが詩を生みます。

逝く春の蛻の殻といふがあり（蛻＝もぬけ）

見立てなどで抒情をコーティングします。この句では自分を突き放したような見立てで類型を抜け出しました。「さびしさのまんまと罠にかかりけり」「蚊遣香《かやりかう》一途そろそろ飽きてきし」なども、はにかみで自己韜晦《とうかい》しているように詠まれた句です。

噴井ありその名轟くほどは出ず（噴井＝ふきゐ）

有名な水の勢いよく噴き出している井戸（噴井）です。でもさほどでもないと**オチをつけました**。バックグラウンドにはきっちりと季語の世界を広がらせておいて、読者を裏切る。そのあたりの呼吸が難しいところです。「月病んで臥すもならざり洋上に」も下五でうっちゃります。

52 茨木和生……てらいのなさ

誰かに語りかけているような雰囲気があります。読者をほっこりとした気分にさせる秘密はそこにあるようです。その場の情景がふっと浮かんでくるように詠む。なんだか簡単に作れそうな気になりますが、実はこれが難しい。人柄が滲んでくるような句です。

花茨大鯉が瀬に出てゐたり

「さっき川瀬に鯉が上っていてさぁ」という**日常会話**が聞こえてきそう。「救護所の人も裃《かみしも》おん祭」「レース着て大阪城に勤務せり」などもちょっとしたニュースを句にしました。「忌詞《いみことば》杣《そま》には生きて寒夕焼」「舟小屋の魔除に吊りし花芒《はなすすき》」などは現地での取材のたまもの。

鮎の腸入れたる握り飯貰ふ（腸＝わた）

出来事をそのまま詠んだような句に見えますが、鮎の腹ということで周辺の景色や握り飯をくれた人の風貌まで想像させます。「にはとりが舟までとべり春嵐」「蛇にあふ今日おろしたるシャツを着て」「産声を聞くメーデーを戻り来て」なども**情景が浮かびます**。

入港の街ナイターの灯らしきもの

「おいおいあそこを見てみろよ」と**隣りの人に話しかけている感じ**。「水槽の鮎のいづれも掛傷」「通夜の灯の届くところも虫鳴けり」「庖丁が見事にちびて沖膾《おきなます》」と**小さな発見**を詠みます。「半裂《はんざき》の手触り触れずとも判る」は大山椒魚（半裂）を見つけたところ。

のめといふ魚のぬめりも春めけり

白魚でしょうか。「猪犬《ししいぬ》の傷十針ほど☒ひたると」「子も孫も都に住むと若布干す」などと**相手の言葉を句に**します。「効くといふ効かざるといふ蝮《まむし》酒」。わいわいやっている酒席の雰囲気が伝わってきます。「頬被《ほほかむり》付け火の噂してゆけり」はちょっと物騒な話。

数へ日の昼よく寝たる一時間

誰に言うともないひとり言です。「肌ささずなりたる日差楤《たら》の花」「余花の雨髭を剃らずに山に来て」「猪のゐさうな山と見上げけり」などは**ちょっとした感慨**。「誰もつぎくれざるビールひとり注ぐ」「ひよんの笛吹けと廻されてきても」は心の中でのつぶやきです。

53

稲畑汀子……日常のつぶやきを一句に

肩の力を抜いて「いまこんなことしています」と詠みます。インターネットのツイッターは百四十字以内のつぶやきですが、俳句は十七文字。読み手が関心を持ったり、共感を覚えてくれたりしなければ意味がありません。できるだけ簡潔に。普段着の俳句というのが味です。

今日何も彼もなにもかも春らしく

「五月晴とはやうやくに今日のこと」「山霧に洗濯ものの乾かぬ日」「木犀の匂はぬ朝となりにけり」「朝寒に慣れて行かねばならぬ日々」など。**今日はどんな日か**を詠みます。季節感がテーマです。「マスクして人に逢ひ度くなき日かな」といった日もあります。

春風や花買ひに行くだけのこと

「巻いたままホースの先で水を打つ」。いま**どんな用事や家事の途中か**を呟きます。「日向ぼこし乍《なが》ら出来るほどの用」「短冊を春に替へたるだけのこと」。たいしたことはやっていません。「何事も昼寝をしたる後のこと」「結局は今日も筍ごはん炊く」と手抜きもします。

あぢさゐの色にはじまる子の日誌

「冷蔵庫又開ける音春休」「片附けることが子の役年用意」。**子供の日常**を詠みます。「母を見て又子の昼寝つゞきけり」「春著《はるぎ》着し母の外出に目ざとき子」「さそり座を憶えし吾子に星流れ」と子は日々成長します。「睡りたる子に止めてをく扇風機」は親ごころ。

摩周湖の神秘なる蚊に喰はれけり

旅先での呟き。「展望車西日いとはぬソファーに居」「春航や景色少なき側に居て」「東風《こち》吹いて船が出るとか出ないとか」「ともかくも宿に帰れば火鉢あり」。日常の延長のような旅先での句です。「とらへたる柳絮《りゅうじょ》を風に戻しけり」と旅情に浸るときもあります。

見られゐることを見てゐるサングラス

「落椿とはとつぜんに華やげる」「芝刈って犬には歩きにくき庭」「湯ざめせしこと足先の知てをり」。**ちょっとした発見**です。「牡丹の色を明かさぬ蕾かな」「鈴蘭とわかる蕾に育ちたる」は蕾を眺めての一句。「風少しあり梅の香を運ぶほど」。風も格好の句材です。

54 対馬康子……心の闇を詠む

たどっていけばいつのまにか裏側の心の闇の部分へ廻ってしまう。でもまた表側へ。何回廻っても答えは出ません。でも廻るほどに味わいが出てきます。まるでメビウスの輪。こうして作者の術中にはまってしまうという仕掛けです。

樹の力満ちたり祈りふかければ

祈りが深まって樹木に力が湧き出てきました。「十月の雨の匂いがして受胎」「潮騒の香のたかまれば鳥渡る」なども**ゆるやかな因果関係**。「サングラス置いて大地をさみしくす」。繰り返し諳《そら》んじているとひとつのイメージが固まってくるような句です。

暗がりに氷雨抜けきし傘たたむ

氷雨の中を歩くシーンと暗がりでの仕草。**二つの場面が繰り返されます**。「点滴は遠い枯野の中落ちる」「八月の眼鏡魚が飛びたい日」「梅一輪活けて白紙の海がある」。一方は実景、他方は心奥の風景です。「泣き飽きし女東京に雪降れり」は窓の内外。

能舞台一歩は雪を踏むように

喩えを契機に能の幽玄の世界へ**がらりと切り替わり**ました。「旅装解く揚羽一枚分ほどの」は旅先の世界へ、「暖冬はいつも酒場の名のように」は酒場の止まり木へ。「風花は海へ沈んでゆく羽音」「流砂ほど金木犀が散る夕べ」なども眼前にイメージが広がります。

街灯はあまたのクルス鳥渡る

「冬終る風かもはるか聖地より」「雪は降り積む廃線の先は海」。ふと**視線がはるかなものへ**と移ります。「彫像の奥に彫像秋鏡」は心の中の鏡像。「別るる日ラムネの玉の音やまず」「芝枯れている生涯の靴の数」などは**過ぎ去った月日への挽歌**でしょうか。

釣糸を投げる指先より白夜

マジックのように**別世界へと変わり**ました。「ゆっくりと涙が耳へ水中花」「号泣の眼の端をゆくかたつむり」では水中花やかたつむりが心を鎮めてくれるかに現れます。「流氷のポスター駅も消燈す」「鳥渡る地に残されし哺乳壜」と現実に引き戻されることもあります。

55 岸本尚毅……無念無想流

「自分が面白いと思った企画には掌に三十万人の読者がのる」といった名編集長がいました。あれこれ計算したりせず自分の感覚を信じて句作する。無念無想流。そんな作り方もあります。あとは信頼できる句会の連衆や、師と仰ぐ俳人の選に委ねます。

夜よりも昼の淋しき屏風かな

「黄あやめにかすかに海の匂ひかな」など、**ふっと気になったこと**を詠みます。「初蝶やしんとつめたき蔵王堂」「金蠅のきらきらとして遍路かな」。感じたことに見合った景を探します。「サンダルの人の入りゆく文部省」「襟巻の人をつれたる自衛官」は**意外性**。

夕方の鶏にぎはしき切子かな

取り合わせの句。「酢昆布を嚙みて一八美しき」「避雷針高々とある海鼠《なまこ》かな」「春雷やあをあをとして鴨の首」。**あれこれ考えずに自分の感覚を信じて**詠みます。「噴水の聞こえて来たる植木市」「夕方は泥の匂ひや桃の花」と聴覚、嗅覚なども総動員します。

桃が歯に沁みて河口のひろびろと

「降る雨の見えて聞えて草の花」「遠目にもこぼれて墓の桜かな」「朝顔のしぼみて暗き海があり」。できるだけ**抒情を抑えて詠んだ末に滲み出るもの**。そんな情緒があります。「鯨汁のれんが割れて空青き」「菊低く活けて夕日のさすままに」も季語に凭《もた》れかからない句。

山を見る夏のボーナスふところに

感覚的に「これは俳句的だ」と思ったシーンを切り取ります。「焼藷《やきいも》を割っていづれも湯気が立つ」「支那の人みな夏川に石投ぐる」。だからどうだということではありません。「泥つけて鶏歩きゐる桜かな」「墓参の子また蟷螂《たうらう》を見つけたる」なども**俳句的スナップ**。

初寄席に枝雀居らねど笑ふなり

逝ってしまった枝雀への感慨というのではありません。「二三日秋の喪服を吊しけり」「初場所の力士二十歳となりにけり」「また一つ風の中より除夜の鐘」「鳥帰るテレビに故人映りつつ」。いずれも「**あぁ、そうなんだ**」といった感じです。「末枯《うらがれ》に子供を置けば走りけり」も同じ。

56

上島鬼貫……大らかに詠む

酸いも甘いも嚙み分けた、どっしりと肚の据わった人物像が浮かびます。それでいてわけ知りの情の深さも感じさせる、ふところの深い俳人です。ものごとに拘泥しない、大胆な詠みぶり。口語調やオノマトペなども駆使した、意表をつくような表現手法にも注目です。

によつぽりと秋の空なる富士の山

この**大らかさ**はどうでしょう。「日和よし牛は野に寝て山桜」「夕ぐれは鮎の腹みる川瀬かな」「小夜更けて川音高きまくらかな」なども作者のゆったりとした呼吸が伝わってきます。「うたてやな桜を見れば咲きにけり」。どうにもいやだの意。**ふてぶてしさ**があります。

むかしから穴もあかずよ秋の空

「白くてもしろき味なし真桑瓜」「白妙のどこが空やら雪の空」。**当たり前のことをさらり**と言ってのける。「さくら咲くころ鳥足二本馬四本」「水鳥のおもたく見えて浮きにけり」。思ったまま、見たままを句にしてしまう痛快さです。「幽霊の出所はあり薄《すすき》原」は断定の面白さ。

そよりともせいで秋たつことかいの

口語調の句。「それは又それはさへづる鳥の声」「草麦や雲雀があがるあれ下がる」「冬は又夏がましぢやと言ひにけり」。話し言葉をそのままふっと句にしたような味わいです。「なんとけふの暑さはと石の塵を吹く」。情景がありありと眼前に浮かび上がってきます。

樅の木のすんと立ちたる月夜かな

オノマトペが決まりました。句姿もすんとすっきり。「ひうひうと風は空ゆく冬牡丹」。取り合せが新鮮です。「ひやひやと月も白しや松の風」「さはさはと蓮《はちす》うごかす池の亀」なども臨場感あり。「ほんのりとほのや元日なりにけり」はいかにものどかです。

行水の捨てどころなき虫のこゑ

「人に遁げ人に馴るるや雀の子」「一とせの鮎もさびけり鈴鹿川」。**生きとし生けるものへ向けたやさしい眼差し**。「秋風の吹きわたりけり人の顔」「としひとつ又もかさねつ梅の花」「しみじみと立ちて見にけりけふの月」などは人の世へ向けた**悟りにも似た感慨**です。

57

三橋敏雄……哀愁とおかしみと

「少年ありピカソの青のなかに病む」などの代表句とは別に、人生の達人といった趣きのある、ユーモアが滲み出るような句があります。マーク・トゥエインは「真のユーモアの源泉は哀愁である」と言いましたが、まさに哀しみを讃えたようなおかしみのある句です。

あやまちはくりかへします秋の暮

人間の愚かさ、哀しさ。「信ずれば平時の空や去年今年《こぞことし》」など戦争にかかわる句も数多く見られます。「突つ立つてゐるおとうさんの潮干狩」「家に居る標札のわれ夏休」「もの音や人のいまはの皿小鉢」。**そこはかとないおかしみ**が滲み出してきます。

鐵を食ふ鐵バクテリア鐵の中（鐵＝てつ）

「渡り鳥目二つ飛んでおびただし」「己が尾を見てもどる鯉寒に入る」。**いのちの哀しさ**。でもクスリとさせられます。ほかに「枝豆の食ひ腹切らばこぼれ出む」「世に失せし歯の數數や櫻餅」「外を見る男女となりぬ造り滝」「淋しさに二通りあり秋の暮」など。

かたちなき空美しや天瓜粉　（天瓜粉＝てんくわふん）

「山国の空に山ある山桜」「くび垂れて飲む水広し夏ゆふべ」「武蔵野を傾け呑まむ夏の雨」。心のゆとり。**おおらかに構えた一句**です。大仰に言ってのけました。「尿尽きてまた湧く日日や梅の花」「撫でて在る目のたま久し大旦《おほあした》」もユーモアたっぷり。

石塀を三たび曲れば秋の暮

「棒杭のあたまは平ラ朝曇」「家毎に地球の人や天の川」。言い切ってしまうとどこかおかしい。「蓮根の輪切の穴よ來し方よ」「齢のみ自己新記録冬に入る」。**いわば達観**でしょうか。「あけたての戸道の減りや秋の風」もしみじみとしたおかしみがあります。

日にいちど入る日は沈み信天翁　（信天翁＝あほうどり）

「石段のはじめは地べた秋祭」「死ぬまでは轉《ころ》ぶことなく寒雀」「裏富士は鷗を知らず魂まつり」。ご隠居さんが熊さん相手にする小言の前振りみたいな句です。熊さんだけでなくわれわれも「そりゃそうだなあ」とひとまず納得してしまいます。わけ知りの一句です。

58

大串　章……リリシズム

瑞々《みずみず》しい抒情を失わずに句を詠む。これはなかなか大変です。澄んだポエジーを保つにはどんな方向で詠めばいいか。そんなヒントが作者の句群から浮かび上がってきます。郷愁、旅愁、孤愁…。いずれも爽やかさのある愁い。優しい眼差しのリリシズムです。

ふるさとの酒の名の雪降りにけり

郷愁です。「母郷遠しラストシーンに落葉舞ひ」「ふるさとに父の独酌虎落笛《もがりぶえ》」「線路沿ひ枯れて故郷を遠くせり」など、折りに触れてなつかしくふるさとを想います。「色美しき母の埋火《うづめび》かき出だす」「母恋へば浴衣の隙に湯の匂ひ」。郷愁は**母恋い**でもあります。

数へ日を旅して橋の上にあり

今度は**旅愁**。「朝市のあとの涼しく掃かれけり」「鷹よぎり一村の水澄みにけり」などとあれこれ盛り込まずに調べを整えます。「雪の日の美濃も信濃もなく暮れぬ」「東国の名もなき沼のかいつぶり」と地名も生かします。「夏の帆の夕日畳んで帰りけり」は技あり。

螢狩大きな闇を見て帰る

憂いに満ちた雰囲気を漂わせる。**孤愁**です。「春まつり老いては沖を見るばかり」「秋風や祭のあとの杭の穴」「春の鷹われに見えざる渓を見る」。それにはやはり視線を感じさせるように詠むこと。「花疲れこの世に疲れたるごとし」は**アンニュイな気分**。

帰省子に村の不良といふが優し

作者の**人懐かしいような気分**があふれています。「夕涼み海女の語りは沖を見て」「マフラーのあたたかければ海を見に」「年とつて優しくなりぬ龍の玉」なども同じ。「紅梅のなか寺の子に手紙来る」「山の子や習ひおぼえし懐手」も作者の人柄が偲ばれる句。

落鮎の夕日を引いて釣られけり

「雪の村こゑもなく牛売られ去る」「はこべらや名をつけて飼ふ白うさぎ」「仔牛の目涼しく水を飲みをはる」。**いのちあるものへのやさしい眼差し**が感じられます。「花ゑんどう蝶になるには風足らず」「春空に祭あるごと鳶《とび》つどふ」などには**童心**がこぼれます。

59

飯田龍太……爽やかな潔さ

この爽やかさはどこから来るのでしょうか。つまらないことに拘泥しない潔さのようなものを感じます。人間ですから当然あれこれ悩みもあります。ときにはいろんな情念も渦巻きます。でもそんなこととは一歩距離を置いて颯爽とした俳句も詠みたいものです。

いきいきと三月生る雲の奥

高潔な雰囲気がある景。「千鳥にも富士は眩しき山ならむ」「山河はや冬かがやきて位に即けり」「動かざる嶺あればこそ大暑かな」。きっぱりと言い切る潔さが心地いい句です。「鎌倉をぬけて海ある初秋かな」「雛《ひひな》の灯四方《よも》の山々夜明けつつ」は情感もたっぷり。

涼風の一塊として男来る

「浴衣着て竹屋に竹の青さ見ゆ」「遠方の雲に暑を置き青さんま」「セルを着て村にひとつの店の前」。**颯爽を絵に描いたような句**です。「春の鳶《とび》寄りわかれては高みつゝ」「秋冷の黒牛に幹直立す」「雲の峰ころがつていく毬の先」もいかにも爽やかな景。

伊吹より風吹いてくる青蜜柑

透明感のある瑞々《みずみず》しい句。「水澄みて四方に関ある甲斐の国」「七夕の風吹く岸の深みどり」「涼しくて魚影一分の隙もなし」。風や水のある景色を詠みます。「風ながれ川流れゐるすみれ草」「巌を打ってたばしる水に萼《がく》咲けり」と動きをつけてもいいでしょう。

鰯雲日かげは水の音迅く

「春暁のあまたの瀬音村を出づ」「短夜の水ひびきゐる駒ヶ嶽」「燕去る鶏鳴もまた糸のごと」。**澄んだ音の響き**。それを静かに聞いている作者の姿が浮かびます。「かるた切るうしろ菊の香しんと澄み」「釣りあげし鮠《はや》に水の香初しぐれ」は**澄み切ったような香り**。

白梅のあと紅梅の深空あり

できるだけ**シンプルに詠む**。潔さが爽快です。「一月の川一月の谷の中」。一月ということで姿勢を正したような景が広がります。「大仏にひたすら雪の降る日かな」「霧の夜は山が隣家のごとくあり」「夕闇をつらぬく秋の岬かな」も対象をざっくり描きました。

60

星野立子……心のままに

芭蕉は「俳諧は三尺の童にさせよ」と言いました。新鮮な感動や驚きを句にせよということでしょう。屈託のない心で句を詠むといえば、この人の右に出る俳人はいません。初々しい感性で作られた句の中からわれわれにもできそうなアプローチ法を考えます。

美しき緑走れり夏料理

大胆に把握する。単純化する。そしておおらかに詠まれた句です。「一村は杏の花に眠るなり」「雛壇に美しかりし夕日かな」「初秋の大きな富士に対しけり」なども対象を絞り込んで一句に仕上げました。「電車いままつしぐらなり桐の花」も打坐《たざ》即刻。

しんしんと寒さがたのし歩みゆく

うきうきした気分が伝わってきます。「たのしさや草の錦といふ言葉」「暁は宵より淋し鉦叩《かねたたき》」「口ごたへすまじと思ふ木瓜《ぼけ》の花」。うれしいにつけ哀しいにつけ、**屈託なく感情表現**します。「くたびれし足なげ出して船料理」「四五人の心おきなき旅浴衣」は旅吟。

かみそりのやうな風来る五月晴

第一印象をそのまま詠む。「今朝咲きしくちなしの又白きこと」「蜻蛉を踏まんばかりに歩くなり」「芍薬の芽のほぐれたる明るさよ」。ぱっと把握したときの感じをあれこれ考えずに句にします。「目があへば会釈涼しく返り来る」。人との出会いでも一句です。

草笛の子や吾を見て又吹ける

「わがまゝをせぬ子となりぬ冬休」「子に破魔矢持たせて抱きあげにけり」「次の間に母ゐてたのし蚊張の子等」。子供への**優しい眼差し**が句になりました。「大原女の荷なくて歩く春の風」「蝌蚪《かと》一つ鼻杭にあて休みをり」などもやさしさにあふれています。

桃食うて煙草を喫うて一人旅

そのまんまを詠む。ポイントは季節感をさりげなく盛り込むこと。「来るといふ人をまつ間の日向ぼこ」「広島や市電に牡蠣の桶持ちて」「秋晴や教会見えて来れば町」。どの句もさらりと自然体です。「羅《うすもの》の二人がひらりひらり歩《ほ》す」も旅の気分満喫。

61 眞鍋呉夫……トーンをしめやかに

「花冷のちがふ乳房に逢ひにゆく」。内容はおだやかではありませんが、哀しみに満ちたような情感が溢れているのはなぜでしょうか。作者の句集は〈もの静か〉〈沈み込んだ気分〉〈しんみり〉〈しみじみ〉といった、しめやかなトーンで織りなされています。

けさ秋や水の中ゆく水の色

「橋裏の水かげろふや旅の果」「羅《うすもの》に螢のやうな子を宿し」「船蟲の水より淡き影を曳き」「一叢の薄《すすき》となりて吹かれをり」。ひっそりともの静かな句。**透明感**があります。「花ひらくごとくに水の涌いてをり」「夜光蟲ヒトの形に煌《きらめ》きて」。どこか艶も感じさせます。

夜の雲やラムネの玉は壜の中 （壜＝びん）

憂いに包まれたウェットな句。「淡雪や蓋のずれたるマンホール」「露の戸を突き出て寂し釘の先」なども**物憂げな視線**です。「魂ぬけて蟇鳴く闇へ帰りゆく」「山ざくら空にも深き淵のあり」「遮断機のむかうの我もかぎろへる」には死のイメージもあります。

サーカスがはてみづいろの夜となる

「それぞれの寝顔さびしき良夜かな」「花火上りまた上りわれむなしきに」「さびしきは月を浮かべし潮だまり」。しんみりとした**感傷的な句**です。「初夢は死ぬなと泣きしところまで」「白地着てひと恋しさに耐へてをり」。**人恋しさ**も作者の句のキーワードです。

草市で買ふやはかなきものばかり

「義仲寺を出て秋風に逢ひにけり」。**しみじみとした思い**を込めた句。「音ならぬ音して雪の降りしきる」「さるをがせ見えざる風も見ゆるなり」「青梅雨やうしろ姿の夢ばかり」は来し方を振り返るような句。「去年今年《こぞことし》海底の兵光だす」は戦死者への鎮魂。

雪をんな魂触れあへば匂ふなり　（魂＝たま）

「花よりもくれなゐうすき乳暈《ちがさ》かな」「望《もち》の夜《よ》のめくれて薄き桃の皮」。**清艶な句**です。「刺青の牡丹を突つく鱵《さより》かな」はあでやか。「密会のひと夜しろがねなす早瀬」はドラマ性。「いのち得て恋に死にゆく傀儡《くぐつ》かな」は曾根崎心中のお初でしょうか。

62

角川春樹……ますらおぶり

益荒男《ますらお》とは勇ましい男。万葉調の歌はますらおぶりと呼ばれます。ざっくり言えばおおらかで男らしい歌です。質実剛健、豪胆などがイメージされますが、古代への憧憬や天啓を受けたような狂気なども男っぽさに通じるかもしれません。

盃の下に川ある大文字

川床でのひととき。大文字を肴に酒とは**豪放磊落**です。「鹿鳴くを待つ大佛に近く寝て」もおおらか。「昼酒に暮るゝゆとりや浮寝鳥」「あともどりしたるこころや夕牡丹」「風鈴の風を待ちたる机かな」「冷し瓜夕空水のごとくあり」なども**さりげない風格**があります。

元日や塵美しき日のひかり

「何もせぬ一日《ひとひ》ありけり冷奴」。**質実剛健**です。「ところてん鞍馬に雨の到るなり」「夕かげの水にこゑなき暮春かな」「比叡よりしぐれの到る膝がしら」。句姿もシンプルにまとめます。「一人ゐてそこより枯野はじまりぬ」は**孤高のイメージ**。

さくら咲き地靈の聲を聴かんとす　（聲＝こゑ）

「須佐之男《すさのお》の国に来てをり月夜茸」「勇魚《いさな》捕る碧き氷河に神のゐて」。**はるかなものへの憧憬**です。「山ざくら天にも瀧のあるごとし」「天平の甍《いらか》の見ゆる初景色」「韃靼《だったん》の馬嘶くや冬怒濤」「ふかぶかと山の息する水の秋」なども**雄渾《ゆうこん》**な詠みぶりです。

墳山の天狼父にまぎれなし　（墳山＝つかやま）

「鱈《たら》汁や海鳴り冥き父のくに」「父の日や椅子のかたちに時間あり」。**畏敬の念**も男らしさには欠かせません。「法螺《ほら》貝の音の中なる落花かな」「めつむれば胡桃《くるみ》のなかも水のこゑ」などは**滅びゆくものへの思い**。「かき氷シェーンが去りし少年の日」は少年の日への追憶。

血を舐る蝶あり人の貌を持つ　（舐る＝ねぶる　貌＝かほ）

狂気を詠みます。「黒き蝶ゴッホの耳を殺《そ》ぎに来る」も同じ。「向日葵《ひまはり》や信長の首斬り落とす」は天啓を受けたような殺氣。「晩夏光ナイフとなりて家を出づ」「火はわが胸中にあり寒椿」「冬帽や胸に棲みつく夜の沼」などは抑えきれない心の闇の衝動です。

63 田中裕明……はんなりと作る

「はんなり」はもともと京言葉で「上品で華やかなこと」。最近では「おっとりとしたこと」という意味合いもあります。句の調べもやさしくてたおやか。「じゅんさいな」などと京都では形容しますが、とらえどころのないところも魅力になっています。

日本語のはじめはいろはさくらちる

「春風にからだほどけてゆく紐か」。**どことなく艶があってはんなりとした句**。かな書きの効果もあります。「戀猫の御所をゆくとき抱かれゐて」「菜の花や河原に足のやはらかき」「影もまたひとり酔へるか春の月」。やはり春の季語が似合うようです。

意に満たぬときの頬杖桃ふとる

拗ねていても**おっとりした様子**がよく出ています。「糸瓜《へちま》棚この世のことのよく見ゆる」「西行忌あふはねむたきひとばかり」。ゆったりと構えた暮らしぶり。「次男坊遠くへゆけりなづな粥」「をさなくて晝寝《ひるね》の國の人となる」。はんなりとしたいい子に育ちそうです。

ふらんすはあまりにとほしかたつむり

かたつむりなら、そりゃあそうでしょう。なんとも**じゅんさいな句**。「水鳥に用あるごとく歩きけり」「空へゆく階段のなし稲の花」「墓老いてまるくなりけりまゐりけり」。ほどのよいユーモアがあります。「葱坊主ごしに想像ふくらます」。でもいったいなにを考えているんだか…。

夏やなぎ湯を出て肩の匂ひけり

湯上りの**ほっこりとした気分**。「燈籠をもつ子に道をたづねけり」「団栗を子にもらひけり十三夜」。余裕のある時間が流れていきます。「けがの子をはげましてゐる櫻かな」「水遊びする子をながく見てありぬ」。子供への優しい眼差しが心地いい句です。

見返ればみづうみくらき門火かな

「一生の手紙の嵩《かさ》や秋つばめ」。**まったりとした句**。滋味があります。「夏柳こころは水に寄りやすく」「知らぬ間に暮れてをりけり秋の暮」。うす味なのにコクがあります。「道すがら煎餅買ひぬ春星忌」。春星は蕪村の画号。さりげなさがかえって艶を醸し出します。

64 坂巻純子……微熱のある風景

熱っぽい時のぼんやりした視線でとらえたような風景。そんな味わいのある句です。けだるさや夢の中にいるような感覚もあります。景色の揺らぎは作者の心の揺らぎなのかもしれません。水の景色や蝶や螢を句材にした、たゆたいの中で詠まれた句です。

螢火の闇すりぬけし水匂ふ

「ひだり足ときに浮かせて桃摘花」。ゆらりゆらりとした**浮遊感**です。「ひらきつつ閉ぢつつ春愁海月《くらげ》かな」「この世へと吹き戻されて濤の花」。作者も一緒に揺らいでいます。「新絹の白さ真夜には羽搏《はばた》かむ」。染色をやっていた作者のふとしたときの感覚でしょうか。

葛切や情念といふ手くらがり

熱っぽいからだのほてり。「油のごとき隠《こも》り沼の面秋蛍」「剪口《きりくち》のぬめりのつよき野水仙」「ほたほたと蛇の卵でありにけり」なども鬱陶しいようなじめじめした暑さを感じます。「ひと振りの香水己が鼻みゆる」「白薔薇や狂ひもせずにじつと居て」は神経の高ぶり。

船酔のごとくにかがむ藻が咲いて

「ぬばたまの闇夜を重ね柿熟るる」「なまぬるき残り雲あり毛虫焼く」。風景に**けだるいような気分**を重ねました。「時計指輪より身を抜いて熱帯夜」「春愁や雨の匂ひを袖だたみ」「思案するときの指櫛夜の秋」「羅《うすもの》をためいきぐるみ闇へ吊る」は**物憂い動作**を詠みました。

ほのかなる水尾をとどける残り鴨

「げんげ濃し午後の日輪くゆらせて」「初蝶のうろおぼえなるみぎひだり」「ふきのたう今朝沼の香のゆらゆらと」。**ぼんやりと向けた目に映ってきた風景**。「薄目して花にぎはひを抜けてきし」「空流るままに手折りて萩すすき」。おぼつかないようなからだの動きです。

春の風邪姉ゐるうちに眠りけり

「何か言ひかけて眠りぬ旱星」「波音の越ゆるくらさの籠枕」は、うとうととしたところ。「たらたらと螢火夢の継目かな」「逃げ水のところどころを眠りけり」は**夢見ごこち**。「初蝶の黄のうかうかと絵よりぬけ」「夢の中にて光りしは蛇の衣《きぬ》」はもう夢の中です。

第四章

テーマを持つ

自分でお気に入りのテーマを設定して
そのテーマで作り続けるといった
ことにもトライしてみましょう。
一生続けてゆくテーマもあるでしょうし、
短期間で集中して作っても構いません。
この章でご紹介する俳人と同じテーマで
とりあえずやってみてもいいでしょう。

65

日野草城……をんなを詠む

瑞々《みずみず》しい感性で詠んだ「春暁やひとこそ知らね木々の雨」「をさなごのひとさしゆびにかかる虹」などの句で知られる草城ですが、「春の灯や女は持たぬのどぼとけ」など、やはり注目したいのは女性を詠んだ句。さらりとした艶。清潔な色気を感じさせます。

春の夜や檸檬に触るゝ鼻のさき　（檸檬＝れもん）

「水蜜桃剝く手つき見る見るとなく」。**仕草**にふと感じる色っぽさです。「黒髪を梳くや芙蓉の花の蔭」「後れ毛をふるはせて打つ砧かな」など、やはり髪は女のいのち。「牡丹や眠たき妻の横坐り」「うら若き妻ほほづきをならしけり」はけだるさ。

朝寒や歯磨匂ふ妻の口

「をとめ今たべし蜜柑の香をまとひ」。**香り**にともなう爽やかな色気。「菖蒲湯を出てかんばしき女かな」「天瓜粉《てんくわふん》打てばほのかに匂ひけり」なども肌が匂い立つようです。「移り香の衿になほあり胡瓜漬」といつまでも余韻が残ります。

女房の我慢の眉や二日灸

厄病除けになるという二日灸。眉を歪ませる**表情**を詠みました。「湯ざめして君のくさめや十三夜」「妻もするうつりあくびや春の宵」。こちらは色っぽいようなくしゃみやあくび。「のぼせたる頬美しや置炬燵《おきごたつ》」「愁ひつゝ坐る花茣蓙《はなござ》華やかに」。愁いのある表情も逃さずに句にします。

鼻の穴涼しく睡る女かな

からだの部分を詠む。鼻の穴とはちょっと意表をつかれました。「南風や化粧に洩れし耳の下」「雷に怯えて長き睫《まつげ》かな」「言ひつのる唇《くち》うつくしや春の宵」「令嬢の鼻がしらより日焼かな」「弾初のをはりし指の閑かなる」なども鋭い観察眼です。

藍浴衣着るとき肌にうつりけり

女性の装いや**化粧**をテーマに。「袖ぐちのあやなる鼓初《つづみはじめ》かな」などと、どこか一点に着目。「糊利いて肌につれなき浴衣かな」「白粉《おしろい》ののらぬ汗疹《あせも》となりにけり」「秋風や子無き乳房に緊《かた》く着る」などと女性の身になって詠みます。「初化粧すみし鏡に鬢を剃る」は残り香のある鏡台。

66

大西泰世……エロスとタナトス

エロティシズムにアプローチするには〈哀しみ〉〈祈り〉〈あきらめ〉などといった切り口もあります。作者の死生観といったことも見えてきます。「てのひらはいつもひらいていつも冬」。どこか諦めに似たような作者のため息が聞こえてきそうなエロスの句をどうぞ。

子守唄しゅらしゅら修羅と唄い継ぐ

自堕落というのではありません。「屋根裏の曼珠沙華ならまっさかり」「なにほどの快楽《けらく》か大樹揺れやまず」など。〈**ふてぶてしさのエロティシズム**〉とでも言いたくなるような句です。「遠火事は杏の花の咲くあたり」「火柱の中にわたしの駅がある」は達観。

現身へほろりと溶ける沈丁花（現身＝うつしみ）

「声だすとほどけてしまう紐がある」「さびしくて鏡の中の鬼と逢う」。こちらは〈**哀しみのエロティシズム**〉。「紐」「鬼」がキーワードです。「遠い日の暗がりにある花暦」「遠雷のそれより遠い風船屋」などは過ぎ去った日々への憧憬でしょうか。

淫というぬくみで万灯をともす

淫らな気分が安らぎに変わるひととき。「祈らねば獣語を放つかも知れず」。〈**祈りのエロティシズム**〉といった雰囲気を醸します。「ひなげしを購《か》えば百日愛される」「約束の数だけ吊るす蛍籠」は少し健気ですが「ほどかれてゆく夕焼けかわたくしか」は投げやり。

号泣の男を曳いて此岸まで

あの世から現世へ男を連れ帰ります。「つぎの世へ転がしてゆく青林檎」。そして作者は黄泉《よみ》へ戻ります。「鳥葬を望む女の夏帽子」「贈られて髪飾りたし黄泉の花」は**死への憧憬**。「わたくしの骨とさくらが満開に」では**エロスとタナトスの世界**が広がります。

すこしだけ椿の赤に近くなる

変身願望でしょうか。「狂うなら今と白椿が囃《はや》す」ということで椿に変身。そして「いつも本気で咲いているのは寒椿」となります。結末は「発狂の椿もやがて地に還る」。いったい誰のせいなんでしょうか。で、最後にひとこと、「償いはしてもらいます夏椿」。

67 安住 敦……嘆きで共感を生む

「雁啼くやひとつ机に兄いもと」「しぐるるや駅に西口東口」「てんと虫一兵われの死なざりし」などが代表句。でも真骨頂は戦後の市民生活の身辺を詠んだ〈嘆き節〉ともいうべき句群ではないでしょうか。でもただ単に嘆くだけでは読者の共感は得られません。

鳥渡る終生ひとにつかはれむ

勤め人のあきらめにも似た思いを「鳥渡る」に重ねました。〈風景のうしろに人間がいなければつまらない〉という安住敦流作句術。でも、**まず季語ありき**です。「啄木忌いくたび職を替へてもや」「ランプ売るひとつランプを霧にともし」なども抒情にあふれています。

花冷幾日友の死つひに肯はず（肯はず＝うべなはず）

やはり嘆きといえば人の死。しみじみとした情愛を感じさせる句です。「弟の一人のこりし門火かな」も慈愛に満ちています。「夕爾《ゆふじ》忌やあがりて見えぬ夏ひばり」は句友木下夕爾を偲んでの一句。**遠い眼差しを感じさせるように詠みます**。

葱坊主子を憂ふればきりもなし

家庭生活での嘆きですが、**ここはじっと我慢**です。葱坊主ということで〈子は子、親は親〉という思いも伝わります。「蟇《ひき》出でて子の居ぬ家を賑はす」の蟇は作者の気持ちの代弁者でしょうか。「団欒は無しおでん鍋煮返して」はくよくよと続ける晩酌です。

梅雨の犬で氏も素性もなかりけり

不甲斐ない自分をなにかに託して嘆く。「恋猫の身も世もあらず啼きにけり」「鈴虫の生くるも死ぬも甕の中」など。託すのは動物に限りません。「あぢさゐの最後の毬も枯れにけり」「冬花火浮かぬ貌《かほ》してあがりたる」「鏡餅いみじき罅《ひび》を見せにけり」といった句もあります。

ひき際が大事のマスク掛けにけり

「やれやれ」と**諦観を込めてつぶやく**ような句です。「春深し妻と愁ひを異にして」。所詮ひとはひとりです。「春の風邪に一日臥《ふせ》てまた凭《よ》る机」は嘆き疲れでしょうか。ほかに「枯菊焚いてゐるこの今が晩年か」「枯蓮に一日風の吹く日かな」など。

68 正木ゆう子……宇宙感覚を詠む

〈地球に乗って我々はなんと壮大な旅をしてるんだろう〉とは作者の弁。そんな正木ゆう子の宇宙を詠んだ句をあれこれ見ていきましょう。「もらふならチタンの翼クリスマス」なんていう句もあります。いったいどこまで飛んでゆくのやら…。

引力の匂ひなるべし蓬原（蓬＝よもぎ）

地球を詠む。なんと引力に匂いがありました。それは蓬の匂い。「水の地球すこしはなれて春の月」は宇宙船からの月見です。夏の入日も「夏の暮楕円を閉づるごとくなり」となります。師の能村登四郎への悼句も「聞えしは虹のこはれし音ならむ」と宇宙的。

いつの生か鯨でありし寂しかりし（生＝よ）

「海亀の愚へかへらむと沖へ向く」「進化してさびしき体泳ぐなり」。生命の誕生した海への憧憬です。「蜂唸りつつ太古にも太古あり」「太古より宇宙は霽《は》れて飾松」と何十億年も遡り「鉄を嗅ぐごとく海鼠《なまこ》に屈みたる」海鼠からも**太古の匂い**を嗅ぎ取ります。

春の月水の音して上りけり

水の惑星、地球から上った**月**です。季題の本意に新しい味付けが加わりました。「磁気切符月光の微粒子を帯び」も不思議な感覚。「潮引く力を闇に雛祭」では闇の中、月の引力を感じています。「骨片の貝となるまで月照らす」。数十億年という悠久の時間が流れます。

いま遠き星の爆発しづり雪

こんどは**宇宙の神秘**です。星の爆発で雪しずり（雪が木の枝などから崩れ落ちること）が起こりました。「石鹸は滑りオリオン座は天に」と入浴中でも星のことが頭を離れません。「息白くオーロラに音あると言ふ」と興味津々。「ヒヤシンススイススステルススケルトン」は宇宙からの暗号でしょうか。

素粒子のこと寄居虫に言ひきかす（寄居虫＝やどかり）

君は自分をちっぽけな存在だと思ってるかもしれないが、実は素粒子という単位があって…などと解説を始めます。「上空に使はぬ空気浮寝鳥」。なるほどその通り。**科学的物理学的アプローチ**です。「池を出てふつと重力ひきがへる」はニュートンになったひきがえる。

69

岡本 眸……日記としての俳句

作者の信条は〈俳句は日記のように、日常身辺を詠むこと〉。「俳句は日記」という著書もあります。吟行をする余裕もないし、机に向かって呻吟《しんぎん》するというのも苦手という方におすすめします。軽く自分の暮らしをスケッチするようなつもりで始めましょう。

ヘヤピンの発條強く冬立ちにけり　（発條＝ばね）

「花買ふて冬日もろとも抱へけり」。**日々の暮らしの中でふと感じたこと**を詠みます。「耳たぶに来て夜の涙冷えゆきぬ」「緑さす素足の冷えをひとり言」と体感を詠んだり、「亡き母の指ぬき太き母の日よ」「柚子湯出て夫の遺影の前通る」などといった感慨も句にします。

温めるも冷ますも息や日々の冬

ひとりの時間を大切にすること。「炎昼のうしろ手つけば敷居あり」「湯ざめしてもの食む音の身に返る」。孤独というのではありません。飾らない自分を詠みます。「ひらとYシャツ葉桜の昼餉どき」「汗拭いて身を帆船とおもふかな」は爽やかな句。

秋逝かす顔拭くやうに窓ふいて

「塩壺の塩かきおとす遠き雷」「秋風や柱拭くとき柱見て」など、**家事も俳句のテーマ**になります。「春愁やガスの炎の丈ちがふ」「空拭きの敷居痩せたり油照」と物憂いような日もあります。でも「鵙《もず》しきりなり換気扇洗はねば」と気を取り直します。

日脚伸ぶ亡夫の椅子に甥が居て

「姪の子が来て夏休らしくなる」。**訪問客や家族**を詠みます。「研屋《とぎや》来て立秋過ぎしことを言ふ」などと御用聞きも句になります。「秋ひと日折目のごとく誰も来ず」という日もあります。「少年に道問ふ日傘さしかけて」「道に出て二階と話す寒日和」は言葉を交わして一句。

喪の家の使はぬ物干竿灼けて

前書に〈三十七年七月六日母死す〉。暮らしの記録でもありますからこのように**前書を上手に活用**したいところです。「父を焼く音に堪へをり指に汗」「喪主といふ妻の終《つひ》の座秋袷《あきあはせ》」にはそれぞれ〈父死す〉〈夫急逝す〉とあります。「鈴のごと星鳴る買物籠に柚」の前書には〈結婚〉。

70

大木あまり……生きる哀しみ

「カザルスを聴く襖絵の隼と」。大木あまりさんの句の特徴のひとつに哀しみのトーンというものがあります。それはまるでカザルスの無伴奏チェロ組曲のようでもあります。さまざまな曲調がありますが、そこに常に流れているのは生きるということの哀しみです。

拭いてゐる畳の数や十三夜

ひたすら畳を拭く。**生きることの哀しみ**の象徴のように続けます。「鱧《はも》食べて悲しむことのまだありぬ」。悲しくても食事はします。「人に和すことの淋しさ花八ツ手」。人といても淋しい。「牡丹鍋みんなに帰る闇のあり」。結局は一人ひとりの闇へ帰ります。

水澄んですんで遺品の琴の爪

別れの哀しみ。「澄んで」のリフレインが思いの丈を伝えます。「母のベッドありしあたりの緋絨毯」「白桃にくれなゐの種耕衣亡し」。緋色は作者にとって哀しみの色でもあります。「あかき火となりゆく藁や昼の虫」「白玉や蕁《いらか》に風の吹き渡り」は**喪失感**です。

黒人霊歌蜆の水の澄みにけり

心が澄みわたるような声。「水打つて舟を見送る単帯」。**透明感のある哀しみ**があふれます。「マネキンの言葉知らねば涼しけれ」。言葉が無ければ諍《いさか》いもありません。でも「人形のだれにも抱かれ草の花」と、なにごとも受け入れざるを得ない哀しさもあります。

その花のどれもうつむく秋の茄子

けなげないのちです。「波よけもして受けもして鴨の胸」「酢のものの貝のちぢまる盆太鼓」「夜の川を馬が歩けり盆の靄」。どれも思わずいのちが愛おしくなるような句。「掬《すく》ひたるものに眼のある春の水」は白魚でしょうか。**はかなげないのち**を掬いました。

号泣の人の背中の秋の蠅

人には人の哀しみ。共有はできません。作者は別の哀しみを見ています。「火に投げし鶏頭根ごと立ちあがる」。**いのちの性**《さが》でしょうか。「のぼりつめるとは枯るること葛の蔓」。やがて枯れます。でもそれがいのちです。「長生をあやまつてゐる春袷《はるあはせ》」も悲しい句。

71 井上　雪……風土を詠む

金沢生まれの金沢育ち。同市の名刹光徳寺に嫁ぎました。地元を取材した数々の著書でも知られます。そんな作者の句からは北陸の風土が匂い立ちます。自分の生まれ育ったふるさとをその地での暮らしに根ざした実感を込めて詠みました。

雪嶺のひかりや塩を買ひに出て

「雪椿閂《かんぬき》かける手くらがり」「析打つて雪解《ゆきげ》の川にまた遇ひぬ」。**雪国での暮らし**です。「歩く幅だけの雪搔き仏守る」「足裏に力あつまる深雪かな」と厳しさもあります。「降る雪を見てをり眼鏡てのひらに」「全身の雪をはたきて訃を告げし」は**日常のスケッチ**。

海女の胸厚し七夕笹を抱き

地元で働く人を詠む。「加賀染のしつけ糸ぬく鳥曇」「檜笠《ひのきがさ》つくるひと間や遠雪崩」「雪の戸や加賀水引の店ともる」「担ぐ荷の鱈《たら》はみ出して始発の灯」「桐落葉しきりに飛んで箔屋の音」など、働く人の気配が感じられるような句にしましょう。

家裏をつなぎ犀川吹雪けり

風景や気候を詠む。「霰《あられ》とぶ石屋根の先日本海」「雪捨てし河口の濁り海に出づ」「貨車に雪この郷の雪加へけり」「軒氷柱《のきつらら》日当りてなほ太りけり」「波の花湧きたつ闇の村はづれ」。いずれも**うわべだけの観光俳句と違って一歩踏み込んだ句**です。

塗椀のぬくみを置けり加賀雑煮

「茸汁かこみて母をあたたむる」「鱈《たら》汁の湯気のむかうに母の顔」「蕪《かぶら》寿し漬けるとき母声を出し」「雨三日柚味噌づくりの炭赤し」などは**代々受け継いできた郷土料理**。「大鰤《ぶり》のまなこの澄める蒼さかな」「捧げもて氷見の初鰤とどきたり」。いきのいい魚も句材です。

晴れつづき尾山祭の騎馬通る

金沢尾山神社の「金沢百万石まつり」です。「祭来る町の用水鯉あそぶ」「雪止めに鳩よく来る日初お講」。**祭などの行事**も風土色豊かに詠みます。「ひと雨のまた笹に鳴る立秋忌」。富山を愛した俳人、前田普羅《ふら》の忌日です。このように**郷里ゆかりの人物**の句も忘れずに。

72 柿本多映……日常の中の幻想

日常のなにげないような行為や状況を切り取っただけなのに、なぜか読者を幻想的な妖しい世界へいざないます。普通のことがなんだか不思議に思えてくる瞬間。シュールな映像が浮かんできます。そんな作者の幻想発生のための仕掛けを見ていきましょう。

雛祭曲るたび道昏くなる

雛人形の怨念でしょうか。町角を曲るたび**妖しい世界**へ近づいていきます。「八月の空やしづかに人並び」「出入口照らされてゐる桜かな」「歳晩の闇から棒をとり出せり」。それぞれ「八月」「出入口」「棒」といった**象徴性のある言葉**が幻想を生みます。

鬼灯にくちびる厚くしてゐたり（鬼灯＝ほほづき）

「鬼」と「くちびる」。**言葉の組み合わせによる幻想**。「曼珠沙華一本見ゆる奥座敷」「鎮痛剤呑んでさくらの下にゐる」「童子童女みんな花野に寝落ちたる」「父恋の空へくちなは抛りけり」「冬茜喪服に乳房ありにけり」「桃一つ残りて黒き床柱」なども同じです。

瞑れば花野は蝶の骸なる　（瞑れば＝めつむれば）

今度は**白昼夢**です。「真夏日の鳥は骨まで見せて飛ぶ」「銃声や空の奥処に雪降れり」「青蚊帳《あをがや》を泳ぐ昭和の日暮かな」「或る夏の甍《いらか》の上の黒旗かな」などは**哀しみが生んだ幻想**。「鬼の貌《かほ》をどるしろはなまんじゆしやげ」では白花曼珠沙華が鬼を誘い出しました。

美術館に蝶をことりと置いてくる

神々の彫像が並ぶ美術館にことりと置かれた蝶々。**シュールな絵**が浮かびます。「炎帝の昏きからだの中にゐる」「旅立ちの街なかに蓮ひらきけり」「遅き日の畦《あぜ》に刺したる黒洋傘」「なみだつぶ二つ三つ四つ銀河系」。ポール・デルボーやルネ・マグリットの世界です。

蜃気楼此岸に眉を剃りをれば

凄みがあります。もう**冥界**はすぐそこです。「百物語つきて鏡に顔あまた」。妖しくなってなにかに変身してしまいそうな雰囲気です。「時雨きてたましひを吊る峠の木」「胎内はすでに芒《すすき》の海ならむ」「隠沼に空席ひとつあるにはある」などは**たましいの彷徨**。

73 村上鬼城……境涯俳句の詠み方

「冬蜂の死にどころなく歩きけり」は代表句のひとつ。重度の聴覚障害者であったこともあり、自らの人生の苦悩を詠んだ句が注目されがちですが、どんな人生にも喜怒哀楽が付き物です。そんな心の動きを飾らずにストレートに詠む。それが境涯俳句の出発点です。

闘鶏の眼つむれて飼はれけり

「春寒やぶつかり歩く盲犬」。軍人になるのを耳疾で諦めなければならなかった嘆き。ぶつけようのない**哀しみ**に満ちています。「鷹のつらきびしく老いて哀れなり」には反骨の強靭な精神を感じます。「永き日や寝てばかりゐる盲犬」は自嘲の句でしょうか。

さみしさに早飯食ふや秋の暮

「老が身の何もいらざる炬燵《こたつ》かな」「草の戸にひとり男や花の春」。**人生への諦念**です。
「治聾酒《じろうしゅ》の酔ふほどもなくさめにけり」。治聾酒とは春の社日に呑むと耳がよくなるという酒。
「生きかはり死にかはりして打つ田かな」では農民の暮らしに自分の思いを重ねました。

涼しさや犬の寐に来る蔵のかげ

「おとなしくかざらせてゐる初荷馬」「雀来て歩いてゐけり餅筵《もちむしろ》」。自らの境涯を歎きつつも**弱者へやさしい眼差し**を向けます。「今日の月馬も夜道を好みけり」は気持ちが通じ合っているような句。「川底に蝌蚪《かと》の大国ありにけり」はまるで童話の書き出しのようです。

長閑さや鶏の蹴かへす藁の音　（長閑＝のどか）

「菜種咲いて風なき国となりにけり」。**心おだやかな日**は風景も違って見えてきます。「藪入にまじりて市を歩きけり」「新らしき蒲団に聴くや春の雨」。心も弾んできます。「女房をたよりに老ゆや暮の秋」「うれしさや着たり脱いだり冬羽織」などと素直にもなります。

飛驒山の質屋も幟たてにけり　（幟＝のぼり）

気分がいいと冗談のひとつも言います。「念力のゆるめば死ぬる大暑かな」「風邪ひいて目も鼻もなきくさめかな」は**諧謔味**たっぷりです。「小春日に七面鳥の闊歩かな」「蛇穴や西日さしこむ二三寸」「鹿の子やふんぐり持ちて頼母しき」などもくすりとさせられます。

74

西宮　舞……いのちの温み

自分のいのちを愛おしむような句。ものに触れたときの感触を楽しんだり、いのちの温《ぬく》みをたしかめるような動作をしたり…。子との触れあいの句も数多くあります。そして動植物のいのちへもやさしい眼差しを向けます。いのちの温みを詠んだ句。

湯上がりのするりと抜けて裸の子

「すべすべの乳子の足うら秋の夜」「母の服つかみしままの磯遊び」「結葉《むすびば》や子をまんなかに手をつなぎ」。**子とのスキンシップ**を詠んだ句です。「胎の子も数に入れ切る聖菓かな」。〈これは赤ちゃんの分〉ということでお母さんが二つ食べます。

てのひらの花種風にさらはれし

「手に頬に思はぬつぶて花吹雪」「てのひらに吸ひつくごとくてんてまり」。**微妙な触感**を詠みます。「足首を波に摑まれ原爆忌」「起きぬけの足が踏みつけ鬼の豆」は足首や足裏の感覚。「青田風髪くしけづるごとく吹く」は風とのやさしい交歓。爽やかです。

勾玉のかたちに眠り梅雨籠　（勾玉＝まがたま　梅雨籠＝つゆごもり）

自愛の句。愛おしいいのちを抱え込むような眠りです。「手袋の先の先まで指満たす」「てのひらをすべらせたたむ花衣」「しぐれ傘持ちかへし手に柄の温み」「手を入れし水に水影新豆腐」。しっとりとした、ていねいな仕草が目に浮かびます。

指がまだ覚えてゐたる毛糸編み

「まなぶたをゆっくり開き大旦《おほあした》」「白息の塊《かたまり》吐いてより話す」。いのちを確かめるような、自分自身と対話しているような動作を詠んでいます。「口元のほくろも動き林檎食ぶ」「綾取りの指はりきつて反りかへる」もこまやかな観察眼です。

新米の犇く声を研ぎにけり　（犇く＝ひしめく）

「恋猫の帰りて膝に喉鳴らす」。動植物のいのちの愛おしさもテーマです。「紫陽花《あぢさゐ》や風に頰ずり繰返し」「波は手を結びほどきて春の磯」「囀《さへづ》りをくすぐつたがる木々の揺れ」などと擬人化して詠みます。「大西瓜叩けば響き返しくる」と西瓜とも対話します。

75 鳥居真里子……死のイメージを甘美に

二冊の句集には、妖しげでかつ甘美とも言えるような闇や死のイメージが広がる句がずいぶんありました。評判を呼んだ「福助のお辞儀は永遠に雪がふる」もなんだか黄泉《よみ》の国の入り口で福助が迎えてくれているかのような気にさせられます。

花の闇ひらくに銀の鍵使ふ

闇の世界へのいざないです。「振袖をたたむ梟《ふくろふ》啼く夜にて」「螢火のひとつを闇の栞とす」「生きものに口といふ闇冷し瓜」などは妖しげな闇。「鏡餅置きたる闇が現住所」「生家とは鮟鱇の口ほどの闇」などという先祖から脈々と流れる血族の闇もあります。

紅葉散るモンローの口半開き

モンローというとどうしてもその死のイメージが重なります。「蟻地獄昼の舞妓の通りけり」にも**甘美な死のイメージ**が匂います。「アネモネや肉の中から爪伸びて」「かさぶたをはがす遊びやさくら時」「冬のくる音くちびるをひらく音」も危ういような身体感覚です。

狐火に筆先舐めてゐたりけり

あたりに**妖気**が漂ってきました。「狐火にやはき唇ありにけり」「魂にくちびるありて桃吸ひぬ」「まならに蛇の衣《きぬ》ある口移し」「傷口を吸ふ螢火の味したり」など、妖気のキーワードは唇のようです。「昼月を宿したるごと鶴歩む」。鶴まで妖しくなってきました。

天上にちちはは磯巾着ひらく

「仏壇のなかの階段鶴来たる」「仏壇の奥へ桑の実つみにゆく」。作者にとって**死は身近な世界**なのかもしれません。「手首縛れば蓮華開花のかたちかな」「陽炎や輪にすれば紐おそろしき」「もがり笛真綿はほそき首を恋ふ」などいろんなものが死のイメージを生みます。

鶴眠るころか蠟燭より泪　(泪＝なみだ)

「線香立に線香一本猫の恋」「はつ夏や鎖骨は翼ひろげたり」「人魚いま泡となる夜の花吹雪」はどなたかへの**鎮魂歌**なんでしょうか。「夕立にみな海を向く海の家」も不思議な句。まるで黄泉から現世を眺めているような景です。

76

中村汀女……ため息を詠む

日常生活を瑞々《みずみず》しい感性で俳句に詠む。季語とよく調和した家庭内風物詩ともいえるような句です。すべてを肯定した上での人生のため息といった趣きもあります。子育てのため息、家事の合間のため息、自分自身へのため息など。暮らしの中でのため息を詠みます。

咳の子のなぞなぞあそびきりもなや

「咳き入りし泪《なみだ》のままに子が遊ぶ」。風邪の子をあやしながらの**子育てのため息**。「靴紐をむすぶ間も来る雪つぶて」「呼びに来てすぐもどる子よ夕蛙」。元気になったらなったでまた大変です。「おいてきし子ほどに遠き蟬のあり」。気がかりで外出もなかなかままなりません。

秋雨の瓦斯が飛びつく燐寸かな　（瓦斯＝ガス　燐寸＝マッチ）

台所でのため息。「長雨のふるだけ降るや赤のまま」。秋の物憂い気分です。「夏負けてゐて家中の指図かな」「夕顔に立つ暇さへありなしに」「ぼうぼうと燃ゆる目刺を消しとめし」と大忙し。「風呂沸いて夕顔の闇さだまりぬ」。やっとひと息つけました。

ねむたさがからだとらへぬ油虫

「わが部屋に湯ざめせし身の灯を点もす」「小火鉢を寄すや心を寄す如く」。ちょっと**気弱になってのため息**。「咳をする母を見上げてゐる子かな」。でも子供のためにもしっかりしなければなりません。「扇風機何も云はずに向けて去る」はそんな夫へのため息でしょうか。

蟇歩く到りつく辺のある如く（蟇＝ひき）

蟇に自分を重ねたような句です。「蜻蛉生れ覚めざる脚を動かしぬ」「やはらかに金魚は網にさからひぬ」「籠すこしのぼりて鳴きぬきりぎりす」などと**温かい目**で眺めます。「残菊の風避くべくもなかりけり」「白木蓮の散るべく風にさからへる」も同じ。

水鳥に人とどまれば夕日あり

諦観というのではありません。「起重機の見えて暮しぬ釣忍《つりしのぶ》」「銀杏《ぎんなん》が落ちたる後の風の音」「雁渡る一声づつや身に遠く」。**生きてゆくというのはこういうことだというため息**。「さらさらと聞えてまはる風車」「でで虫や灯りて窓のよみがへり」と気を取り直します。

77 高屋窓秋……心象風景

絵画が及ばないような、言葉による詩的イメージを描きたい。言葉によって、視覚には定着しないイメージを構築する。これが窓秋の狙いでした。写生論からは遠く距離を置いた独自の作風。「頭の中で白い夏野となつてゐる」。いわば十七音で描いた心象風景です。

山鳩よみればまはりに雪がふる

山鳩に作者が同化しています。「光陰をしづかに雪のつもりけり」「ちるさくら海あをければ海へちる」。哀しみに満ちた**無音の世界**です。「虻《あぶ》とんで海のひかりにまぎれざる」はひかりあふれる中の孤高の虻。「おほぞらや渦巻きそめし星月夜」はスケール感たっぷり。

金魚玉むかうの山は鬼たうげ

詩的な童話のような物語が展開されます。「たましひや童子を胎《やど》す花の数」はどこか郷愁を感じさせる句。「石の家にぼろんとごつんと冬がきて」。舞台はヨーロッパに移りました。「雲一語春一語狐狸又一語」。彼らはいったいどんな会話を交わしているんでしょうか。

さすらひて見知らぬ月はなかりけり

「ちる花のまへもうしろもひとり旅」「月光をふめばとほくに土こたふ」「舟虫のちれば渚の夜もふけぬ」「月かげの海にさしいりなほ碧く」。懐かしいような**孤愁**。「子らはみな孤独を知れり冬霞」。そうです。幼い頃に感じた、あの透明感のある哀しみです。

一生を白装束のピエロの死

「いつしかに白虎となりて老いにけり」「白蛾病み一つ堕ちゆくそのひゞき」。白は作者の孤高の精神の象徴なのかもしれません。そして**死のイメージ**が付きまといます。「荒地ゆゑ柩を発すいなびかり」「弔旗垂れ黒き河なみはながれき」も死がテーマの句。

言の葉や思惟の木の実が山に満つ

「地球ごと風がまはるよ蝶飛来」「きらきらと碧きしづくの小鳥かな」「星影を時影として生きてをり」。**言葉だけで絵を伴わないイメージの構築**。そんな方向の句でしょうか。「蝶ひとつ人馬は消えてしまひけり」「砲弾に罪なき十万億土かな」なども不思議な感覚です。

78 松尾芭蕉……旅の句をどう詠むか

「野ざらしを心に風のしむ身かな」。この句で始まる「野ざらし紀行」のほか「更科紀行」「奥の細道」、そして五十一歳で大坂で客死するまで、芭蕉はその生涯を旅と庵住で過ごしました。そんな旅吟の中には、現代でもまだ新しさを失わない句が数多くあります。

暑き日を海にいれたり最上川

日本海へ沈む西日。手前に滔々《とうとう》と流れる最上川を置きました。「さみだれの空吹きおとせ大井川」「荒波や佐渡に横たふ天の川」「吹きとばす石は浅間の野分《のわき》哉」なども**雄大な景**。「雲の峰いくつ崩れて月の山」は月山での旅吟。その名にふさわしく月光に照り映えます。

年暮れぬ笠きて草鞋はきながら（草鞋＝わらじ）

「草臥《くたびれ》て宿かる比《ころ》や藤の花」「この道や行く人なしに秋の暮」。**旅愁**がじんわりと滲み出ています。「山路来て何やらゆかし菫《すみれ》草」「閑かさや岩にしみ入る蟬の声」などは旅先でほっとひと息ついた折の句。「蚤虱《のみしらみ》馬の尿《しと》する枕もと」などという句もあります。

塩鯛の歯ぐきも寒し魚の店（店＝たな）

旅先で印象に残ったシーン。「海くれて鴨の声ほのかに白し」では声を白いと喩えました。隠喩です。「郭公《ほととぎす》声横たふや水の上」もまるで声が見えるかのように詠んでいます。「鷹一つ見付《みつけ》てうれしいらご崎」は思わず歓声を上げてしまいそうな景。

市中は物のにほひや夏の月（市中＝いちなか）

京の凡兆宅に滞在中の句。「行く春を近江の人とおしみける」「一家に遊女も寐《ね》たり萩と月」。一期一会、**人との出会い**を詠みます。「塚も動けわが泣く声は秋の風」は旅先での門人への追善。「青くてもあるべきものを唐辛子」は若い弟子、近江の酒堂を諭しての句。

京にても京なつかしやほととぎす

京にいて王朝時代の京の昔を懐かしみます。「義朝の心に似たり秋の風」。**旅先での懐古**です。「須磨寺や吹かぬ笛聞く木下闇」は寺宝の平敦盛遺愛の笛を拝して。「夏草や兵《つはもの》共が夢の跡」は高館《たかだて》の古戦場、「秋風や藪も畠も不破の関」は荒涼たる関跡で詠んだもの。

79

水原秋櫻子……地名で風景を描く

まるで印象派の絵画のようなひかりあふれる句です。こうした風景を描くには読者が想像しやすい地名を盛り込むのが早道（読者がそれなりの知識やイメージがあるところでないと意味がありませんが）。自分の感性で切り取った抒情的な自然詠を目指しましょう。

爽涼と焼岳あらふ雲の渦

まず**山の叙景**。「碧天や雪煙たつ弥生富士」などと雲の動きや空の様子とかで季節感を出します。「夏山を統《す》べて槍ケ岳真蒼なり」「甲斐駒の天の岩肌の夏をはる」は山そのもの、「龍胆や巌頭のぞく剣岳」「落穂拾ひ去るや夕澄む穂高岳」は前景に花や人を置きました。

雲ふかく十津川春を濁るなり

「辛夷《こぶし》咲き善福寺川縷の如し」などと**川の表情**を詠んでみましょう。「柴漬や古利根今日の日を沈む」「隅田川見て刻待てり年わすれ」。川の流れで時の流れを感じさせます。「最上川秋風簗に吹きつどふ」「木曽川の瀬のきこえ来し桑の実よ」。風や瀬音をスパイスに。

阿蘇も暮れ麦蒔も野に暮れゆけり

「ひぐらしや熊野へしづむ山幾重」「稲架《はさ》の間に燈台ともる能登の果《はて》」「飛驒ふかき雪解《ゆきげ》の山も雪置かず」。**地名を詠み込んだ広がりのある景**。「国原や野火の走り火よもすがら」では動きをつけました。「行暮れて利根の蘆火《あしび》にあひにけり」は旅愁です。

破蓮の葛西や風のひゞきそめ（破蓮＝やれはす）

そぞろ歩き。「むさしのもはてなる丘の茶摘かな」「風雲《かざぐも》の秩父の柿は皆尖る」「春一番武蔵野の池波あげて」。ふと目にとまったものを詠みます。「葛飾や桃の籬《まがき》も水田べり」「梨咲くと葛飾の野はとの曇り」などは昔の田園風景なども思い浮かべての句。

伊豆の海や紅梅の上に波ながれ

手前に花などを置いて海を詠むのはひとつの型。はるかを眺める作者の眼差しを感じさせます。「水仙や夜明の初島蒼く臥す」「春蘭や雨雲かむる桜島」「波荒れてゆらぐ利島や冬苺」「ぜんまいに相模湖の入江ひとつ見ゆ」。色彩的な取り合わせも考えましょう。

80 藤田湘子……自画像を詠む

ゴッホはその生涯で数多くの自画像を残しています。その時期での自分の思いをその表情の中へ刻みました。俳人は十七字で自画像を詠みます。顔の表情ばかりでなく、そのときの自分の心境をなにかに託したり、動作に置き換えたり…。では藤田湘子の自画像句。

あてどなく急げる蝶に似たらずや

不安と焦燥の二十代の自分を蝶に喩えました。「鰯雲ひろごれり呟きゐたり」「牛の顔よりもあはれに汗の顔」は挫折感。「愛されずして沖遠く泳ぐなり」「ある夜わがすさびて胡桃《くるみ》割りゐたり」は孤独感にあふれています。「逢ひにゆく八十八夜の雨の坂」と恋もします。

首据ゑてロダン像下の夜寒にをり

「父と呼ばれ満開の木瓜《ぼけ》影多し」。三十代です。社会人として、父としての**戸惑いの表情**。「深くながき三十路一歩の白息なり」「一度ならぬ不安霜夜のレモンの香」「暮しよくなりしや羽蟻眉に降る」。将来に対する不安や責任の重さ…。苦悩の表情が浮かびます。

敵多く汗つよく頸太るなり

不惑の四十代。ずいぶんたくましくなりました。「口笛ひゆうとゴッホの死にたるは夏か」とゴッホの狂気も冷静に眺めます。「男帯 柊《ひひらぎ》 の花終りけり」「口で紐解けば日暮や西行忌」と自分に自信も出てきます。「掌中に乳房あるごと春雷す」といかにも中年です。

もみあげを剃ればさやけし實朝忌

五十代。「曙や我鬼忌の瘦と思ひつつ」「われもまた瞼一重や風鶴忌」などと芥川龍之介や石田波郷の境涯に自分を重ねたりします。「鯉老いて眞中を行く秋の暮」と**男の年輪**を重ねました。「わが聲《こゑ》の五十となりぬ 凧《いかのぼり》」と老いても盛ん、エネルギッシュです。

観念を吐き尽くしたる蟇 （蟇＝ひきがへる）

「万愚節昭和無駄なく我にあり」「天山の夕空も見ず鷹老いぬ」。**泰然自若**の六十代。「ぼんやりとゐて大望を涼しくす」「湯豆腐や死後に褒められようと思ふ」と恬淡《てんたん》でおだやかな表情です。「秋刀魚《さんま》食ふ曾《か》つて男は凜たりし」は昔を懐かしむ眼差し。

81 橋本多佳子……女ごころの世界

女の情感を詠むというとどうも歌謡曲のイメージが浮かびますが、橋本多佳子の句にはどこか格があります。山口誓子も「これこそ女ごころの世界だ」と絶賛しました。でも、そのまま感情を詠むだけでは類型に陥ります。では個性的に女ごころをどう詠むか——。

火を恋ふは焔恋ふなり落葉焚き

人恋いの炎なんでしょうか。このように**なにかに自分の気持ちを投影**します。「雄鹿の前吾もあらあらしき息す」「蜥蜴《とかげ》食ひ猫ねんごろに身を舐める」「かじかみて脚抱き寝るか毛もの等も」「断崖へ来てひたのぼる螢火は」などは動物の動作に自分を重ねました。

螢籠昏ければ揺り炎えたたす　（炎え＝もえ）

このように、そのときの思いをそのまま述べないで、**仕草で表現する**。「曼珠沙華からむ芯より指をぬく」はふっと我に返ったところかもしれません。「暮れてゆくひとつの独楽《こま》を打ちに打つ」。じっと我慢です。「熟柿つつく鴉が腐肉つつくかに」というときもあります。

罌粟ひらく髪の先まで寂しきとき　（罌粟＝けし）

自己愛惜の句。「髪を梳きうつむくときのちゝろ虫」「寝髪にほふ鵜篝《うかがり》の火をくぐり来て」など、せつない女ごころとくればやはりテーマは髪となります。「雪の日の浴身一指一趾愛し」「洗ひ浴衣ひとりの膝を折りまげて」。自分のからだを愛しく見詰めた句です。

月一輪凍湖一輪光りあふ

静かに自分を見詰めるひととき。そんな**気分を表すような叙景句**です。「星空へ店より林檎あふれをり」は弾んだような気分。「牡丹百花衰ふる刻どっと来る」は、ふと老いを感じた一瞬。「しやぼん玉窓なき廈《いえ》の壁のぼる」は過去への憧憬でしょうか。

枯れし木が一本立てり狐失せ

「修二会《しゆにゑ》走る走る女人をおきざりに」。**ぽつねんと不安な自分**が残されました。「いなびかり北よりすれば北を見る」「髪乾かず遠くに蛇の衣《きぬ》懸る」などは不安な心理状態を「稲光」や「蛇の衣」に象徴させました。「百足虫の頭《むかで》くだきし鋏まだ手にす」は茫然自失です。

82 福永耕二……家族愛を詠う

家族、特に子供や孫の句は類想になりがちだし、可愛さに目がくらんでいい句が詠みにくいといわれます。でもそれは自分たちの生活詩であり、生活史でもあります。実感を込めて、やむにやまれずに詠むといった姿勢で詠めば佳句がきっと詠めるはずです。

おとろへし父の酒量や萩白し

父と息子の関係は微妙です。心配はしても「父病むと知れど帰らず栗の花」。父親も〈帰って来い〉とは言いません。「芝焼きて父を焼きたる火を想ふ」「父在らば図らむ一事朴《ほほ》咲けり」「裾ひろき父の浴衣よ魂《たま》まつり」と悔やみます。わずか数句で小説が書けます。

身辺に母がちらちらして涼し

「雲青嶺母あるかぎりわが故郷」「母の日と知る燕麦の穂のひかり」。**母恋の句**です。「つづれさせ泣虫母をまた泣かす」とわがままも言えます。亡くなっても「秋風のどこかにいつも母の声」「ほほゑみて遺影ふくよかなり寒し」と懐かしむ日々となります。

笑みこぼれ子の歯二粒今年竹

「セーターを着せられし子の兎跳び」。**子供の可愛い仕草**をどう見つけるか。これは親ならお手のものです。「草千里白靴の子を放ちやる」はやんちゃな子。そして「入学の子に見えてゐて遠き母」「郭公に耳立てて子も少年期」「冬雀父とゐるとき子はしづか」と成長します。

泳ぎ来し髪をしぼりて妻若し

愛情あふれた眼差しが感じられます。「新米を炊くにも妻の声はづみ」「子の蚊帳《かや》に妻ゐて妻もうすみどり」「妻の腕日焼がのぼりつくし秋」。でも子供ができると「春夜子に妻を奪はれひとりの餉」となります。「ふとりゆく妻の不安と毛糸玉」もほほえましい句。

諸葛菜いつまでを子に仰がるる（諸葛菜＝しよかつさい）

父親としての自分を詠む。「新緑や生れし子に逢ふ硝子越し」。それは産院から始まります。「子にゐがきやる青き蟹赤き蟹」「麦笛を吹くや拙き父として」などは父としての子育て俳句です。「頼まれし妻の足袋買ふ一葉忌」は夫としての句。

83

宇多喜代子……鎮魂歌のパターン

強靱な精神で死や生を思う。作者の思想が伝わってくる句。アンニュイといった曖昧な情緒を見事に廃していています。しかもきっぱりとした表現の中に詩情が滲み出てきます。亡くなった仲間たちへの鎮魂歌、葬送曲といった雰囲気の澄みわたったような句も魅力的。

死蛍夜はうつくしく晴れわたり

「冬鷗来よふところは鳴りつづく」。**死者への鎮魂歌**のような句です。「鱶の海流れて青きいかのぼり」「芦刈りて出づれば遠き芦の原」もはるかなものへの祈りといった印象。「襟立てて梟《ふくろふ》の領域を通る」「影となるものの犇く枯木山」では身近に死者を感じています。

高きより鷹つわものの死を告げぬ

亡き者を悼んだ**葬送曲**。「冬海へ鳴らぬ時計をささげゆく」。もう時を刻まない世界への旅立ちです。「葬りあと湖に向け蒲団干す」「喪が明けて火の番を相勤めたる」「亡き人の亡きこと思う障子かな」。ぶっきらぼうな表現の中に哀しみが込められています。

たっぷりと泣き初鰹食ひにゆく

「あっけなく死ぬ年寄りに蕎麦の花」「猪の荒肝を抜く風の音」。**強靭なニヒリズム**で死を見詰めます。「粽《ちまき》結う死後の長さを思いつつ」。死は日常の日々につながってやってきます。「石の上につくねんとある思想《おもい》かな」。ぼんやりとそんなことを思う日々です。

あきざくら咽喉に穴あく情死かな　(咽喉＝のど)

乾いた無常観。「寂しさは乾坤にあり鷹渡る」。でも天地に哀しみは満ちあふれています。「心臓を押さえた形に冬の蝶」「わかさぎは生死どちらも胴を曲げ」「真二つに折れて息する秋の蛇」「音たてて洗ふからだや雁渡し」などと動物や自分のいのちを眺めます。

天空は生者に深し青鷹　(青鷹＝もろがえり)

青鷹は生後三年くらいの若鷹。**永遠の時間と生の輝き**を詠みました。「白魚に群青の息残りたり」「水の魂つらねて跳ねる雪解川《ゆきげ》」ははかなさ。「人の死とひきかえに田の夏燕」「冬鷗一羽が生れ一羽死す」は生き変わり死に変わりするという輪廻の思い。

84 森　澄雄……日本画を描く

まるで日本画を思わせるような句です。写実というのではありません。大胆な構図、淡い陰翳、象徴的で幽玄な時間が流れていくかのような景……。シンプルで印象深い。そんな花鳥風月を描きます。そして読者は自分の中に日本画のイメージを浮かべます。

さくら咲きあふれて海へ雄物川

雄大な景へ大胆に桜を配しました。**屏風絵かと思うような構図**が浮かびます。「夜寒さの松江は橋の美しき」「さざなみに夕日を加へ鱒の池」。うっとりするような黄昏どきの景です。「雪嶺のひとたび暮れて顕はるる」はダイナミック。

沖波とつばなの白と暮れてあり

はるかに白波、手前に風に吹かれる茅花《つばな》。「蘆刈や日のかげろへば河流る」「竹生島見えて吹かるる芙蓉の実」。**大景の手前になにを持ってきて絵を完成させるか**を考えます。「白桃や満月はや丶曇りをり」は満月と白桃で構成した装飾的な構図がユニーク。

綿雪やしづかに時間舞ひはじむ

全面に雪を描きました。**幽玄の世界**。「咲き満ちて風にさくらのこゑきこゆ」。こちらは桜。象徴的な絵です。「一枚に海を展《の》べたる薄暑かな」は、まるで一枚のように見える海を画布一杯に描いています。「西国の畦《あぜ》曼珠沙華曼珠沙華」。曼珠沙華の赤が鮮やか。

雪国に子を生んでこの深まなざし

今度は**人物画**。正面からこちらを真直ぐに見詰めている目があります。「もの言うて歯が美しや桃の花」は歯を強調。「炎天より僧ひとり乗り岐阜羽島」「鐘撞いて僧が傘さす送り梅雨」「すいときて眉のなかりし雪女郎」。僧侶や雪女も日本画に格好のモチーフです。

寒鯉を雲のごとくに食はず飼ふ

「あめつちのひかりのなかを孕み鹿」「水木咲き枝先にすぐ夕蛙」「飛騨の夜を大きくしたる牛蛙」「蟋蟀《こほろぎ》や杉の重みの山の闇」。**動物もいい素材**。それぞれ雰囲気があります。「囀《さへづ》りも滴る如し阿修羅像」「豊秋や朱唇《しゆしん》残れる観世音」などでは**仏像を瑞々《みずみず》しく描きました**。

85 鍵和田秞子……抒情を爽やかに

「未来図は直線多し早稲の花」。作者の第一句集名になった句。ひかりにあふれています。情にもたれず、きっぱりと詠まれています。こういう爽やかな抒情をどう出せばいいか——。夕桜とか牡丹とかの季語は濃厚な情緒を伴いますから、季語の選定も大事です。

一島を抱く一湾のはつざくら

省略を利かせて**くっきりとした景**を描きます。その潔さが清新な抒情を生みます。「松手入ひかりの針をふりこぼし」「鞍馬晴れ一月の木々匂ふなり」「今年竹沸水のこゑ放ちけり」「峡の子よ空より青き凧を揚げ」。それぞれ光、香、音、空の青が印象的です。

渡り鳥大河の空を展べゆけり　(展べ＝のべ)

「鳥渡る山湖の張りは珠をなし」「風紋のたわむ限りを雁帰る」。渡り鳥のゆく大空を詠みました。「遠富士に雲の天蓋雛まつり」「身の丈を越ゆる火の丈阿蘇を焼く」。壮大な気持ちにさせてくれる**大景**です。「今年逝く大仏ゆらぐこともなし」もどっしりとした句。

一月の松や真白き真砂ふむ

白を際立たせます。松の緑との対比も鮮やか。気の引き締まる景です。「空蝉《うつせみ》を置いて白紙に翳り生む」「白鳥の白消しがたし秋の暮」「涼風やいのち競へる波頭」なども同じ。「寒天晒す野にうつくしき水流れ」「白雨去り日の一すぢを光堂」はひかりがテーマ。

喪服脱ぎ喪ごころふかむ無蒸し

湿潤さがないことでかえって喪ごころが伝わってきます。「空蟬のなかあはあはと風が吹く」「海鳴りに覚める祖の血や野水仙」「海までの砂のきしみや西行忌」などは**乾いた抒情味のある挽歌**。「枯蓮の水の明るさ昭和果つ」は一時代終わったかという感慨です。

すみれ束解くや光陰こぼれ落つ

「草刈るや古道一気に匂ひ立つ」「大原や青葉しぐれに髪打たす」「遠花火闇よりくらく貨車ねむる」。**句の切れ味や調子**で爽やかさが出ます。「寒の鯉身をしぼりつつ朱をこぼす」「冬滝の行者けもののこゑを出す」。**動詞の終止形**できっぱりと言い切りました。

86

菊田一平……少年の目で詠む

少年のような視線でものを見る。意外なことに気がついたり、不思議なものを発見したり…。毎日が新鮮、少年は退屈とは無縁です。さあ好奇心旺盛な幼い日々に還ってまわりを見渡してみましょう。これまで見過ごしていた句材がきっとあれこれ見つかるはずです。

栓抜きのぶら下がりをり踊の夜

「ホチキスの針光らせて熊手行く」「菖蒲湯の菖蒲に深き輪ゴム痕」「ふらここのぶつかりさうな消火栓」など、**妙なものに目を止まらせます**。通信簿に〈落ち着きがない〉と書かれたりする少年です。「空を行く二百十日の紙袋」と台風のことより紙袋が気になります。

霜柱ポップコーンを持ち上げる

「立春大吉えびせんべいにえびのひげ」。目ざとくこんなものも見つけました。「映写機の光に浮かぶ春の塵」。**少年の目を通す**ことで、季語にまつわりついた情緒を小気味よく振り払ってしまいます。「相続のひとつに茸山の地図」。少年の夢想がここから始まります。

雛壇のみな親戚のやうな顔

把握がざっくりと大胆です。「でこぼこの山の連なる初景色」。少年の目にかかると初景色もこんな具合となります。「浮かびゐて西瓜の軸の定まれり」「やや軸の曲ってゐたる木の実独楽《ごま》」「連凧の先に上昇気流来る」などは、いかにも科学好きの少年の捉え方。

臭木の芽臭い臭いと云ひて嗅ぐ

「みな同じ窪みをなでて花氷」「滴りを見つめて上下する目玉」。**人間観察力**もなかなかのもの。「七五三石を拝んで戻りけり」「大伯母の尻で閉めたる冷蔵庫」と、皮肉屋でもあります。「透明のエレベーターに晴着の子」。こういうことはちゃっかりと見逃しません。

もてあます水羊羹の缶の蓋

よくもまあこんなことを俳句に！　でもここが少年の目で詠む俳句の真骨頂です。「いつかうに飛ばぬ蓮の実を揺らす」「いくたびも吹いて凹《へこ》ますうしほ汁」「青水無月鯉に大きな鼻の穴」。**少年は退屈を知りません**。「撒水車虹率《ひ》きつれて曲りけり」と詩人でもあります。

87 富安風生……富嶽百景の写生術

「富安風生　富士百句」という自筆限定版の句集があります。いわば北斎の富嶽三十六景の俳句版。このように対象を決めて、季節ごとに折にふれて詠みます。好きな山や海、寺社などでチャレンジされてはいかがでしょうか。ご自宅の庭を詠み続けるのも一興です。

秋富士に孤鶴のごとき雲をおく

真正面から富士**そのものを描いた句**。どっしりと風格があります。「富士かくす翼を張りて秋の雲」「富士の面をしづかに早し秋の雲」も千変万化する雲を上手くあしらって富士を詠みました。「一天の暁紅艶に葉月富士」は明け方のひかりに染まる富士です。

大富士や低きを遅々と初鴉

遠景に富士、中景に鴉。「松が根に熊手をおけば春の富士」「富士晴るる朝の蛾玻璃《はり》にさかさまに」などは**眼前のものを富士に配しました**。「赤富士に端然と立つ樹相かな」。赤富士は晩夏の季語。朝日に染まって落葉松林の向こうに悠然と聳《そび》える富士です。

月孤なり翼下に黒き夜の富士

「良夜にて雲海に黒き富士をおく」。こちらは機窓から。**アングルで変化**をつけました。「熔岩《ラバ》原の野分《のわき》のあらき男富士」。北側から眺める富士は荒々しく男性的。そこでそんな裏富士を男富士と呼びました。造語です。「一痕の雪渓肩に男富士」は裏富士の山肌の写生。

展望の一舟一鳶雪解富士　（雪解＝ゆきげ）

日本平から展望した句。駿河湾に一艘の舟、蒼穹には鳶《とび》。そんな**大景の中の富士**です。「初富士の大きかりける汀かな」。汀は沼津の静浦。駿河湾を西に置いて初富士を拝しました。「秋湖澄み富士の落日真紅なり」「秋燕にけふ富士晴れて湖舟なし」は山中湖畔での句。

起臥の避暑の一と間の軒端富士　（起臥＝おきふし　軒端＝のきは／のきば）

避暑に来た河口湖畔での句。**暮らしの中の富士**を詠みました。軒端富士も風生の造語。肘枕して眺めた富士です。「朝刊を露台に拾ひ富士仰ぐ」。露台の籐寝椅子で朝刊を読む。真向かいに富士。気分爽快です。「初富士を漁師の中に拝みけり」は旅先で迎える正月。

88

斎藤 玄……死生観を詠む

晩年、四度の開腹手術を受ける大病にあった作者ですが、その句集には自分自身や身近な人々の生と死を詠んだ句が数多く見られます。いのちのはかなさや死の心象風景を詠んだ、静けさが広がっていくような句です。「死が見ゆるとはなにごとぞ花山椒」が絶句。

たましひの繭となるまで吹雪きけり

「たましひのあまたのひとつ時雨鯉」。**死を詠むのはその人の死生観を詠むこと**です。「睡りては人を離るる霧の中」「影は身を出でて彳《たたず》む夕蛙」は霊魂離脱でしょうか。「いろいろな影の道ありつばくらめ」「水打つて人ならぬもの待ちにけり」などは黄泉《よみ》との境目。

この世ともつかず雁ちらばりて （雁＝かりがね）

「身の置きどころとて真葛原月もなく」。**死後の世界**を思わせます。それは「ぽつねんとはじめは闇の水芭蕉」「夢のごと死は青蚊帳《あをがや》をくぐり来し」「市中は海の音かな十三夜」などと始まります。「桃の実を思へばいまはのごと匂ふ」。桃を見ても死の気配を感じます。

初蝶をとらふればみな風ならむ

はるけさを詠みます。「花火散りさすらひ人の如くあり」「北へとる路ばかりなり花さびた」「菜の花の波の中ゆく波がしら」。**はるかな時間**へ思いのいたる句。「はるけきを待つ邯鄲《かんたん》の鳴くを待つ」「月遠くものみな遠く息一つ」などは**故人への追憶**でしょうか。

齢抱くごとく熟柿をすすりけり（齢＝よはひ）

「生《よ》はひとたび一日は泉涌くままに」。**いのちを愛おしむ**ような句です。「きりぎりす飼ふは死を飼ふ業ならむ」「花山椒みな吹かれみなかたちあり」「帚木《ははきぎ》に一樹のかたち秋隣」などは**いのちのはかなさ**。「赤ん坊の蹠《あうら》つめたくさくら散る」はいのちと死の対比。

ひとりには少しあまりて萩の風

「残る生《よ》のおほよそ見ゆる鰯雲」「伴はむものなき道の栗の花」。悟りとも違うかもしれません。**諦観**。澄んだ心で、ものごとを受け入れます。「晩年の過ぎゐる枯野ふりむくな」。来し方はもう振り返りません。「人死すは忘らるるため雪乱舞」は少し寂しい句。

第五章

俳句の作劇術

「俳句でドラマを作る」と言っても
いろいろなアプローチ法があります。
自分自身を主人公にした私小説もあれば
まったくの創作劇もあります。
童話やハードボイルド、恋愛小説、夢幻劇など
ジャンルもあれこれ多彩です。
さあ、俳人のドラマツルギー講座をどうぞ。

89 石田波郷……一行の小説

私小説のワンシーンを描く。街で見掛けた女性をヒロインにしてドラマを組み立てる。日々の暮らし、人とのやり取りの中から映画のワンシーンを切り取る…。意識を持って観察しているとまるでドラマのような場面と出会います。そんなときは逃さず一句です。

六月の女すわれる荒筵　（荒筵＝あらむしろ）

「香水の香を焼跡にのこしけり」。終戦後の風景、ドラマが立ち上がってきそうな情景です。「雪嶺よ女ひらりと船に乗る」「女来て墓洗ひ去るまでの鵙《もず》」など。たまたま**見掛けた女性をまるでヒロインのように詠んでみましょう**。でもじろじろ見るのはほどほどに。

隙間風兄妹に母の文異ふ

兄と妹のドラマです。**親兄弟や友人などとの日々を小説のように眺めてみましょう**。その中から背景にストーリーが感じられるようなシーンを切り取ります。「兄妹に蚊香は一夜渦巻けり」「夜の蟬兄妹ともに寝かへるか」などにもしっとりとした物語を感じます。

葭雀二人にされてゐたりけり　（葭雀＝よしすずめ）

これはお見合いの場面。**映画のワンショットのような場面**を詠みます。「東京へ妻をやりたる野分《のわき》かな」「細雪妻に言葉を待たれをり」など、この一句で短編小説が一本書けそうです。「東京に麦飯うまし秋の風」などのように地名を入れて暮らしを詠むのもいいでしょう。

西日中電車のどこか摑みて居り

私小説のような印象。でも内容は電車のポールかどこかを摑んでいるというだけ。「百日紅《さるすべり》ごくごく水を呑むばかり」も水を飲んでいるだけです。でもなにか、あたかも小説の主人公のような気がしてきます。〈西日〉や〈百日紅〉など**格好の舞台背景となる季語を選ぶ**ことが大切です。「世田谷に小家みつけぬ年の暮」も〈年の暮〉が利いています。

白き手の病者ばかりの落葉焚

療養中でも観察を怠らない――。これが俳人魂です。「雪はしづかにゆたかにはやし屍室《かばねしつ》」「蟻地獄病者の影をもて蔽《おほ》ふ」など**ドキュメンタリー作家になったつもりで**一句を。

90

飯島晴子……モノローグ俳句

「泉の底に一本の匙《さじ》夏了る」「鶯に蔵を冷たくしておかむ」「月光の象番にならぬかといふ」など個性的な句が多い飯島晴子ですが、底流にあるのは自分自身との会話、モノローグではないでしょうか。心の中でつぶやくような句、味わい深いです。

たんぽぽの絮吹くにもう息足りぬ　（絮＝わた）

しみじみと自分に言い聞かすように詠みます。「吾ながら卑しき日焼手首かな」「恋ともちがふ紅葉の岸をともにして」「雪兎断り下手といふことか」など。もの（季語である場合が多い）を見ていて浮かんできた自分の思いが一句になります。

伊勢に来たからは薄暑の伊勢うどん

〈まあそれはそうと〉ということで気分を切り換える。そんなときの独り言です。「後家といふ身のなかなかに芋の月」「貧相な山茱萸《さんしゆゆ》これはこれで好き」「さつきから夕立《ゆだち》の端にゐるらしき」なども話し言葉を使って、いかにもモノローグという印象を醸し出します。

きつねのかみそり一人前と思ふなよ

なにかに毒づくこと。それも俳句になります。「枯蓮のうごくときなどあるものか」「瓜畑死人にばかり腹が立つ」「金柑のどことなく気に障りけり」。語気するどく「葛の花来るなと言ったではないか」などと捨て台詞のように詠んだりもします。

初夢のなかをどんなに走つたやら

〈あらあらなんとまあ〉という驚きを一句に。「白髪の乾く早さよ小鳥来る」「金屛風何んとすばやくたたむこと」「蓑虫の蓑あまりにもありあはせ」など目のつけどころが肝心。周りを見回せば「結局みんなおふくろ定食竹の秋」といった句もできます。

夏鶯さうかさうかと聞いて遣る

「さしあたり坐つてゐるか鵆《ちどり》見て」「なにはともあれの末枯《うらがれ》眺めをり」。気持ちにゆとりがあるときは**鷹揚に構えて**こんな句になります。それに対して「金蠅も銀蠅も来よ鬱《うつ》頭《あたま》」「飯どきか亀の鳴かうと鳴くまいと」はふてくされたときのつぶやき。

91 右城暮石……事件を匂わせる

なにか事件の匂いのするような緊迫感のあるシーンを詠む。そんな俳句もあります。犯人像を描写したり、なにか事件を予感させるような不吉な出来事などを詠んだり…。サスペンス映画のワンシーンを詠むようなつもりでチャレンジしましょう。

鳥かぶと咲く所へも村の道

毒薬としても知られる鳥兜、そこへ続く道。**なにか事件を予感させます**。「夜に着きて硝子戸多き冬の宿」「蝌蚪《かと》黒し汽笛が山にへだてられ」「夜桜や寺の一室カーテン引く」「耕牛の瞳が何ものも見て居らず」なども、なにかが起こりそうな気にさせます。

夏帽子片手に握り潰し行く

決意したような顔つき。サスペンス映画のワンシーンのようです。「浮かぬ顔しつゝ氷室に働けり」「風邪の洟かむかさかさの職場の紙」「若さ遣り場なし雪原の道つゞく」。**いらいらした、事件の主人公をカメラが捉えました。**

コンクリートの亀裂泡立つ冬の海

「目つむれば蟻の大群更に増ゆ」。どちらも**犯罪者の落ち着きのない視線**を感じさせます。「蛭《ひる》泳ぐ曇天遠く爆破音」「ビヤホールに一人拍手し誰も和せず」「菊人形観る掏摸《すり》刑事まじりゐて」「冬浜に生死不明の電線垂る」。いずれも緊迫感あふれるシーンです。

火事赤し義妹と二人のみの夜に

「赤い殺意」といえば藤原審爾の小説ですが、**赤は不吉な色**でもあります。「曼珠沙華赤し船より上りきて」などもTVドラマの一場面のようです。「瓜茄子食ひて女は倦むことなし」「先歩く女の匂ひ山蟻出づ」などもそんな**赤い殺意を感じさせるような句**。

焼かれたる巣に一匹の蜂もどる

虫の世界での事件簿。さあ復讐劇が始まります。「油虫紙よりうすき隙くぐる」「赤錆の鉄パイプ舐む蝸牛」「いつからの一匹なるや水馬《あめんぼう》」などもこれらの小動物がまるでミステリーの主人公のようです。「鳥の巣に運び集めし女の髪」は〈事件の裏に女あり〉。

92

中村苑子……魂のものがたり

「翁かの桃の遊びをせむと言ふ」「貌《かほ》が棲む芒《すすき》の中の捨て鏡」。どこか妖しいような情念の世界です。そんな妖しさへ至る道すじは作者の魂のものがたりであるのかもしれません。そんな世界へ〈桃〉〈跫音〉〈紐〉〈貌〉などがキーワードになって読者を誘います。

小ぎれいに女のくらし紫蘇は実に

いのちの愛おしさがテーマ。「野分《のわき》来て黙つて足を拭いてをり」「潮の香のまだ指先に残る春」「柚子湯出て町一と廻りしたりけり」など、どこかナルシシズムの香りもします。

人泣かせ黙つて牡蠣を食べてゐて

生の哀しみ。「斯くて二人ほとほと蝌蚪《かと》も見飽きたり」。ときには人生に疲れもします。「心ふと翳さす金魚藻にかくれ」「人待つにあらず夕虹消ゆるまで」。アンニュイな気分です。「身の中の一隅昏らし曼珠沙華」。そんなとき、心の暗部へと目が向かいます。

天と地の間にうすうすと口を開く　（間＝ま）

ほの暗い心奥に**艶めいたような妖しい景色**が広がります。「桃林昏れてあやしき身の火照《ほて》り」「桃の木や童子童女が鈴なりに」。ういういしいがどこか危うい世界。〈桃〉がキーワードになっています。「跫音や水底は鐘鳴りひびき」は死者の跫音でしょうか。

船霊や風吹けば来る漢たち

「おんおんと氷河を辷《すべ》る乳母車」「野ざらしや異形なるもの掻い抱き」。**怨霊や物の怪**が跋扈《ばっこ》する世界となりました。「臼唄や鬼火の見ゆる眼となりて」「狐面つけて踊りの輪の中に」。なにやら**憑き物**にとりつかれたような雰囲気です。「爪一つ貌のごときが冬空に」「裏山に黄泉《よみ》の使者立つ雪煙り」とあらぬものが見えてきたりもします。

梁に紐垂れてをりさくらの夜　（梁＝うつばり）

「するすると紐伸びてくる月の閨」。**黄泉か魔界へ導く**かのような〈紐〉です。「黄泉に来てまだ髪梳くは寂しけれ」「天上もわが来し方も秋なりき」。やがて「影と往き影のみ帰る花の崖」「生前も死後も泉へ水飲みに」と彼岸此岸の境界もおぼろになってゆきます。

93

髙柳克弘……ものにドラマを語らせる

部屋の一隅をアップで撮るだけで、そこに住む人物像やこれから展開するドラマまで想像させてしまう――。映像作家のようなつもりで俳句を作ってみましょう。小道具のある景へズームで迫ってみたり、映像だけで心理描写をしたり……。アプローチ法もいろいろです。

洋梨とタイプライター日が昇る

タイプライターが「日はまた昇る」（ヘミングウェイ）の新聞記者の主人公を思わせます。「木犀や同棲二年目の畳」。畳が二年の歳月を語ります。「掌のうちをライタア照らす野分《のわき》かな」は台風のなか煙草に火をつけるところ。いずれも**小道具だけで状況を伝えています**。

ストローの向き変はりたる春の風

喫茶店のテラス席でぼんやりと過ごしているところでしょうか。小道具だけで**人物像が浮かび上がります**。「プールサイド金貨を首に吊るしをり」「ヘルメット抱《かか》ふる肘の夜涼かな」はいかにも現代風の若者です。「目を寄せて試験管振る木の芽かな」は白服を着た研究員。

帰省子に畦の直線ありにけり　（畦＝あぜ）

将来の夢を信じての故郷を離れた青年。**映像だけで登場人物の心理状態**を伝えます。「着ぶくれてビラ一片も受け取らず」「桜貝たくさん落ちてゐて要らず」などは、いささか憮然としているところ。「キューピーの翼小さしみなみかぜ」は弾むような気持ちが伝わります。

ゆびさきに蝶ゐしことのうすれけり

「巻貝は時間のかたち南風」「灯のいろのゆらめく水や夏の風邪」「一月やうすき影もつ紙コップ」。このシーンがフェイドアウトして**回想シーンに移る**。そんな句です。「入れかはり立ちかはり蠅たかりけり」ではなにか不愉快な過去のシーンへ切り替わるのでしょうか。

つまみたる夏蝶トランプの厚さ

鮮やかな揚羽蝶の艶と原色のあふれるトランプ――。**小道具の色調で季節感**を演出します。「石鹸のすなほな白さ春隣」。ミルキーホワイトがいかにも春隣の印象。「素足ゆく床の幾何学模様かな」「打つ釘のあをみたりける桜かな」はそれぞれの季節のひかりを感じさせます。

94 黛まどか……恋の起承転結を詠む

軽いタッチの恋の句。情感を込めすぎずに、シナリオライターのような目で作られています。当世風です。形容詞を使わず、情にもたれない句になっています。では恋の物語の起承転結を見ていきましょう。まずは〈起〉。登場人物や状況説明をする導入部です。

長女には長女の恋や花大根

主人公の置かれた**環境やその性格**までが伝わってきます。「利休忌や男仕立ての衣を着て」といった日々です。「仲人の遅れて着きし桃の花」「洛中に梅見の下駄をおろしけり」「白玉や母でなければ言へぬこと」などと物語は展開して行きます。

助手席にをとこ乗り込む巴里祭　(巴里祭＝パリーさい)

次は〈承〉、いわば助走の部分。**ドラマへ読者を引き込みます**。「まへがきもあとがきもなし曼珠沙華」。出会いはいきなりやってきます。そして「ソーダ水つつく彼の名出るたびに」「会ひたくて逢ひたくて踏む薄氷」「浴衣着てマクドナルドに待ち合はす」となります。

夕立をかはす男のシャツの中

いよいよヤマ場の〈転〉。「バレンタインデーカクテルは傘さして」「夜光虫いつかふたりとなつてゐし」「渚ゆくひとつショールにくるまつて」。**ト書きのように具体的な動作や状況**だけで描きます。「水着選ぶいつしか彼の眼となつて」は女心の描写、ナレーションです。

ラストシーンは表参道銀杏散る

〈結〉はやはり破局でした。「別のこと考へてゐる遠花火」「水中花水が疲れてゐたりけり」といった**伏線**も敷かれています。「討入の日やトレンチの襟立てて」と決意して出かけてラストシーンを迎えます。「別れ来て夕焼に置くイヤリング」。最後はイヤリングのアップ。

旅終へてよりB面の夏休

後日譚です。「もう声のとどかぬ船や春日傘」「冬晴にとり残されてゐる心地」と喪失感は拭えませんが「行きたい方へそれからのしやぼん玉」とそれでも気を取り直します。「手庇に来し方を見て涼しかり」「飛石に従ふことも菊日和」などと心の余裕も出てきます。

95

木下夕爾……擬人化する

「水ぐるまひかりやまずよ蕗《ふき》の薹《たう》」「家々や菜の花いろの灯をともし」「ねぎ坊主風しづまればともる星」などの句は童画のような印象。「かたつむり日月遠くねむりたる」もまるで絵本の一頁目の感じ。でも絵本や童話づくりの基本はやはり擬人化です。

数字ふと蟻のごとしやさへづれり

おやおや数字が蟻に変身して踊り出しました。**動物の擬人化**は童話の基本。蟻はおなじみの働き者のキャラクターです。「兜虫漆黒の夜を率てきたる」。暗闇が悪の軍団、兜虫はもちろんその総帥。「薫風や騎士のごと相搏ちし蜂」。さあいよいよお話も佳境です。

海の音にひまはり黒き瞳をひらく

擬人化しやすいのは向日葵《ひまはり》などの大ぶりの花。いったいなにを見詰めているんでしょうか。「樹には樹の哀しみのありもがり笛」「陽に倦みて雛罌粟《ひなげし》いよよくれなゐに」などは童話の書き出しのようです。「秋の日や樹のもてあそぶ雲ひとつ」では雲も仲間に加わりました。

稲妻や夜も語りゐる葦と沼

葦が沼に話しかけているところが照らし出されてしまいました。「黒穂焼く煙よりあはき星うまれ」と畑では星が生まれ、「春の月疲れたる黄をかかげけり」「昼月のみてゐる落葉焚きにけり」などと月はくたびれています。**自然を詠む際にも擬人法**が有効です。

黄落を統べ塔一つ高かりき（統べ＝すべ）

建物などももちろん童話の登場人物になります。「冬凪や鉄塊として貨車憩ふ」「春の気球こころのこして戻りたる」「樹の鵙《もず》に港の船のみな黙す」など動きのあるものはさらに擬人化しやすい。「緑蔭の椅子みな持てる四本の脚」。おっと椅子まで歩き出しました。

梟や机の下も風棲める（梟＝ふくろふ）

今度は**風が主人公**のものがたり。「汽笛の尾のこる町裏春の鵙《もず》」「鐘の音を追ふ鐘の音よ春の昼」「冴ゆる夜の口笛われに蹤きたる」など、音もキャラクターになります。「汗拭けり孤りとなりしわが影と」では**影が自分の分身**になりました。

96

山口誓子……視線をハードボイルドに

「強くなくては生きてゆけない。優しくなくては生きてゆく資格がない」。ご存知、ハードボイルド小説の主人公、探偵フィリップ・マーロウの名台詞です。山口誓子の乾いた抒情となにか相通じるものがあるように思います。どこかセンティメンタルな味付けも…。

夏草に汽罐車の車輪来て止る

感情を交えずに見たものを構成して俳句にするのが誓子の言う〈**写生構成**〉でしょうか。「夏の河赤き鉄鎖のはし浸る」「七月の青嶺まぢかく熔鉱炉」「ピストルがプールの硬き面にひびき」。**硬質なもの**、**これまでにあまり余計な情緒が加えられていない素材**を選びます。

冬河に新聞全紙浸り浮く

無表情に見詰める作者の視線がいかにもハードボイルド。感情を表さずに見続けます。「夕鵙《もず》によごれし電球《たま》の裡ともる」「ボート裏返す最後の一滴まで」「凍港や旧露の街はありとのみ」。**男の哀愁**という雰囲気もあります。「かりかりと蟷螂《たうらう》蜂の皃《かほ》を食む」。こちらは**ニヒルな眼**（実際のニヒリストは俳句など詠まないでしょうけど）。

鶫死して翅拡ぐるに任せたり　（鶫＝つぐみ）

タフガイを気取っても結構**ロマンティスト**でもあります。「蟷螂の眼の中までも枯れ尽す」「女の雛の髪ほぐれつつ波の間に」など、**挽歌**というような句です。

海に出て木枯帰るところなし

今度は**はるか彼方を眺める眼**。「土堤を外れ枯野の犬となりゆけり」「蟷螂の斧をねぶりぬ生れてすぐ」。**一匹狼のヒロイズム**、高倉健の世界のイメージが広がります。「城を出し落花一片いまもとぶ」「夜を帰る枯野や北斗鉾立ちに」などには男のロマンがあります。

ひとり膝を抱けば秋風また秋風

ひとりになると弱気にもなります。「波にのり波にのり鵜のさぶしさは」「悲しさの極みに誰か枯木折る」。少し**ナルシシズムの匂い**もします。「蟋蟀《こほろぎ》が深き地中を覗き込む」「くらがりの手足を照らすいなびかり」と考え込んだりする時間もあります。

97

寺山修司……青春の鬱屈を詠む

詩や戯曲、映画など多分野で活躍しましたが、高校時代は俳句漬けの日々でした。夢や希望ではなくて、青春とはやはり満ち足りない思いと挫折感。そんな寺山修司の青春俳句です（ただし寺山修司の俳句は実際の境涯を詠んだわけではなく、多分に創作的ですが）。

秋風やひとさし指は誰の墓

「月蝕まつみずから遺失物となり」「枯野ゆく棺のわれふと目覚めずや」。**理由も無く感じる喪失感**。失ったものは自分自身でしょうか。「葱坊主どこをふり向きても故郷」「わが夏帽どこまで転べども故郷」といった句にもどこか故郷を喪失したような気分があふれています。

眼帯に死蝶かくして山河越ゆ

「罪と罰」のラスコーリニコフのような雰囲気があります。「目つむりていても吾《あ》を統《す》ぶ五月の鷹」「少年のたてがみそよぐ銀河の橇《そり》」。正義感に裏打ちされた**孤高な精神**。その一方で「目かくしの背後を冬の斧通る」と**言い知れない不安**も迫ってきます。

かくれんぼ三つかぞえて冬となる

「独学や拭き消す窓の天の川」。**孤独感**もあります。「他郷にてのびし髭剃る桜桃忌」「方言かなし菫《すみれ》に語り及ぶとき」などと孤独感はやがて**疎外感**へ。「電球に蛾を閉じこめし五月かな」「剃刀《かみそり》に蠅来て止まる情事かな」などと精神も不安定です。

林檎の木ゆさぶりやまず逢いたきとき

「卒業歌胸いたきまで髪匂ふ」ともちろん恋もします。でも「待てど来ずライターで焼く月見草」と**ナイーブな心**はすぐに傷つきます。「ラグビーの頬傷ほてる海見ては」とスポーツに打ち込んだり「卒業歌遠嶺のみ見ることは止めむ」と現実的になったりもします。

暗室より水の音する母の情事

「母を消す火事の中なる鏡台に」「母とわが髪からみあう秋の櫛」。母親に対する**愛情もどこか歪んで**います。「父を嗅ぐ書斎に犀《さい》を幻想し」「桃うかぶ暗き桶水父は亡し」「法医學・櫻・暗黒・父・自瀆」と、父との間にも埋められない溝があります。

98

時実新子……愛憎劇を脚色する

自分の体験をどう川柳（俳句）として脚色するか。感情があふれてひとりよがりな句になりがち。読み手に共感してもらえるようなシーン設定が必要です。〈動作で人物心理を詠む〉〈台詞で二人の状況を浮かび上がらせる〉などと狙いを定めた句にしてみましょう。

主婦という名の腕時計何度見る

帰りの時間を気にしながらの逢瀬です。**動作**での**心理描写**。「逢うて来て素麵の束ほぐすなり」。なんとか間に合ったものの「何かある夫の箸がまた止まる」。そして「動揺をかくすとっさの燐寸《マッチ》擦る」となります。最後は「ガス栓を左に締めて夜は終わる」。

じんとくる手紙を呉れたろくでなし

「アホやなと言われてどっと泣き崩れ」。関西人ならよく分かるシーン。ほろりとさせられます。「逢いたくて来たと怒った声で言う」も**台詞を使った人物描写**。機微をとらえています。「まだ咲いているのは夾竹桃のバカ」は未練がましい自画像でしょうか。

吐き捨てるガムに女の貌がある　（貌＝かほ）

捨て鉢でしかも泣き出しそうな貌。「鳥籠を小さく飛んでみた鳥か」「紐をかけられた心は独楽《こま》になる」。**いまの状況をなにかに喩えて表現**します。「絶望へ明るい車内アナウンス」「扇風機顔の表を吹くばかり」「追いつめられた私へ踏切が上がる」も**象徴的な**シーン。

愛咬やはるかはるかにさくら散る

「それも百体　人形が目をひらく」「ヘアピンで殺す男を視野に置く」。**白昼夢のような幻想**を詠みます。「いうことをきかぬ私の船が出る」「水中花ゆらり逢おうか逢うまいか」「待針のように素直になってみる」などと思いをなにかに託してみるのもよいでしょう。

靴の紐　男の帰心見ていたり

「強がりを言う瞳を唇《くち》でふさがれる」。**場面設定**を考えます。「不用意な貌《かほ》ライターに見られたり」「ハイボール指輪のゆるくなりたる手」は伏線。「階段の中途とどめの言葉刺す」「手袋を脱いでみごとな平手うち」などはまるでクライマックスのシーンのようです。

99 澁谷 道……夢想をつづれ織りに

ふとしたことをきっかけに夢想が夢想を呼び、それが連句の付け合いのように句を生んでゆく。一句に触発されて次の句へ展開してゆく。夢の絵巻物を綴っていくような感じでしょうか。一句だけで鑑賞するよりも句集全体での流れを楽しみたい作家です。

手から手へあやとりの川しぐれつつ

夢の世界はこんなふうに始まります。「文字滲むように二匹や夏狐」「さくらゆさゆさ何も居ぬ檻である」は動物園で。「雛壇の水屋に水のながれる絵」「あやめ濃し不意につめたき耳ぐすり」「右手つめたし凍蝶左手へ移す」。さてどんな夢想が紡がれるんでしょうか。

枯蔓を引けば鉄鎖となりにけり

夢想の導入部。見えないものが見えてきます。「じゅんさいの椀の底なる秘境かな」「ひと解きに砂落つごとし夏の帯」「独楽《こま》に巻くなみだの紐のはてしなき」「かなかなや鏡を逆にゆく秒針」「猫を追うわが足あとは桃の花」など。次の展開へ期待が膨らみます。

シャボン玉なかの歯車いそがしく

「初蝉や菩薩の十一面みなうごく」「えんとつに雌雄のありし花野末」「巻き締めていそぐ用あるかたつむり」「走りきし霧藤房の吐息となる」。**多彩な登場人物**が動き出します。「つゆくさと瞬きあえばちいさき身」「春待つ洞光る雲母の帯巻いて」と作者も登場です。

鹿消えて鹿の斑色の餅ならぶ

ふっと**幻影が消えて現実世界に**戻ります。でも「鏡拭けば廃村という春景色」「漆黒の夢の切れ目に鴨のこえ」などとまだまだ余韻を引きずっています。「鴨を煮て素顔の口に運ぶなり」「豹柄を着ておとなしく吉野にいる」。こうして日常生活がまた始まりました。

ゆったりと桃散る髪飾り落すごとく

おやおや、また**なにか妖しい気配**です。「五線紙をうち鳴らしゆく青あらし」「白を着て風の辛夷《こぶし》と昏れのこる」。視線も遠くへさまよいます。で、「扉みな父の胸板十二月」「刃を研ぐは人おもふこと野紺菊」「嚙んで消す小さな焔冬苺」とまた夢の世界へ入ります。

100 久保田万太郎……私小説を詠む

たとえば新派劇の伊志井寛、初代水谷八重子などになったつもりで身辺のできごとを俳句にする。そんな作り方もあります。数十句まとまるとなにか小説の世界が広がるように主人公（自分）のキャラクター設定がぶれないように詠まないといけません。

夕端居一人に堪へてゐたりけり　（夕端居＝ゆふはしゐ）

「熱燗のいつ身につきし手酌かな」「割りばしをわるしづこゝろきうりもみ」「花曇かるく一ぜん食べにけり」など**立ち居振る舞い**が詠まれているだけですが、なにかドラマを感じさせます。「着流しでふらりと來たり桐一葉」は主人公の登場シーン。

しらぎくの夕影ふくみそめしかな

なんだか作者の吐息が聞こえてきそうな句。**主人公の視線でカメラを向けます**。「露の夜の空のしらみて來りけり」「おもふさまふりてあがりし祭かな」などはシナリオのト書き。代表句「湯豆腐やいのちのはてのうすあかり」は歎きの言葉がそのまま俳句になりました。

もち古りし夫婦の箸や冷奴

あれこれドラマのあった夫婦。ここから**回想シーン**が始まります。「飲めるだけのめたるころのおでんかな」と振り返ります。「年の暮形見に帯をもらひけり」と故人を偲んだり、「花の旅新宿の灯に了りけり」と旅の模様をプレイバックしたりもします。

夕桜かんざしできて來りけり

さあこれからどんなストーリーが始まるんだろうと期待させられます。「金魚の荷嵐の中に下ろしけり」「一ト足のちがひで逢へず春しぐれ」「牡蠣船にもちこむわかればなしかな」など。**あとの展開は読者におまかせ**。「自動車のとまりし音や青簾」は伏線でしょうか。

何もかもあつけらかんと西日中

前書に〈終戦〉とあります。もちろん前書がなくてもいい句ですが、これで背景がはっきりします。「親一人子一人螢光りけり」には〈耕一應召〉（耕一は作者の長男）、「汝《な》が聲《こゑ》にまぎれなかりし寒夜かな」には〈猫の死をかなしんで〉という前書があります。

俳人略歴一覧

1　**草間時彦**　くさま・ときひこ（1920～2003）／東京都生まれ。水原秋桜子、石田波郷に師事。「馬酔木」「鶴」を経て無所属。俳人協会理事長を務め、俳句文学館の建設に尽力した。句集「盆点前」で詩歌文学館賞、「瀧の音」で蛇笏賞。句集に「中年」「淡酒」「櫻山」「夜咄」「典座」など。

2　**桂　信子**　かつら・のぶこ（1914～2004）／大阪市生まれ。日野草城に師事。昭和二十九年、女性俳句会が創立され発起人となる。四十五年「草苑」を創刊、主宰に。「樹影」で蛇笏賞、「草影」で毎日芸術賞を受賞。処女句集「月光抄」のほか「女身」「草樹」「花影」など。

3　**波多野爽波**　はたの・そうは（1923～1991）／東京生まれ。十七歳で「ホトトギス」初入選。学習院で三島由紀夫らと俳句グループを結成。京極杞陽の指導を受ける。二十六歳で「ホトトギス」最年少同人に。昭和二十八年「青」創刊主宰。句集は「舗道の花」「湯呑」「骰子」「一筆」。

4　**山本洋子**　やまもと・ようこ（1934～）／東京生まれ。昭和三十二年「青」入会。四十五年「草苑」創刊に同人参加。同人誌「晨」創刊同人。波多野爽波、桂信子、大峯あきらに師事。「木の花」で第十二回現代俳句女流賞受賞。句集に「當麻」「渚にて」「稲の花」「桜」など。

5　**上村占魚**　うえむら・せんぎょ（1920～1996）／熊本県生まれ。高浜虚子、松本たかしに師事。「ホトトギス」同人。昭和二十四年「みそさざい」創刊主宰。斎藤茂吉、亀井勝一郎、吉野秀雄などと親交。書・漆芸・作陶など多才。句集は「鮎」「球磨」「霧積」「一火」「橡の木」など。

6　**室生犀星**　むろう・さいせい（1889～1962）／金沢市生まれ。詩人・小説家。「抒情小曲集」の「ふるさとは遠きにありて思ふもの／そして悲しくうたふもの」の詩句はよく知られる。半自伝的小説「杏っ子」で読売文学賞受賞。句集は「室生犀星発句集」、詩集は「愛の詩集」ほか。

7　**有馬朗人**　ありま・あきと（1930～）／大阪府生まれ。物理学者、俳人。東京大学総長、文部大臣、科学技術庁長官などを歴任。昭和二十八年「夏草」入会、山口青邨に師事。平成二年「天為」創刊主宰。「天為」で俳人協会賞受賞。句集に「母国」「知命」「耳順」「立志」など。

8　**与謝蕪村**　よさ・ぶそん（1716～1783）／摂津国毛馬村生まれ。二十歳の頃、江戸に下り早野巴人に俳諧を学ぶ。芭蕉の足跡をたどって東北地方を周遊したのち、四十二歳で京都に居を構える。以後生涯を京都で過ごす。辞世の句は「しら梅に明《あく》る夜ばかりとなりにけり」。

9　**辻田克巳**　つじた・かつみ（1931～）／京都市生まれ。昭和三十二年「天狼」「氷海」に入会。秋元不死男・山口誓子に師事。

第二句集「オペ記」で俳人協会新人賞受賞。平成二年「幡」創刊主宰。句集にはほかに「明眸」「頬杖」「幡」「昼寝」「稗史」「ナルキソス」などがある。

10 **富沢赤黄男** とみざわ・かきお（1902～1962）／愛媛県生まれ。昭和十年「旗艦」創刊に同人参加。二十七年高柳重信らと「薔薇」創刊。三十三年「俳句評論」に所属。俳句における詩的可能性の限界を追求した。句集に「天の狼」「蛇の笛」「黙示」がある。

11 **夏目漱石** なつめ・そうせき（1867～1916）／東京生まれ。大学時代に正岡子規と出会い、俳句に親しむようになった。「ホトトギス」に「我輩は猫である」「坊ちゃん」を発表、これが評判を呼び小説家としての地位を確立する。「草枕」を漱石は自ら「俳句的小説」と呼んでいる。

12 **鈴木真砂女** すずき・まさじょ（1906～2003）／千葉県鴨川市生まれ。「春燈」に所属、久保田万太郎、安住敦に師事。五十歳から銀座の路地裏で小料理屋「卯波」を始める。「夕螢」で俳人協会賞、「都鳥」で読売文学賞、「紫木蓮」で蛇笏賞。「いよよ華やぐ」（瀬戸内寂聴）のモデル。

13 **中村草田男** なかむら・くさたお（1901～1983）／中国福建省生まれ。東大俳句会に入会して「ホトトギス」へ投句。昭和二十一年、「萬緑」を創刊主宰。加藤楸邨、石田波郷らとともに人間探求派と呼ばれる。句集に「長子」「火の島」「萬緑」「来し方行方」、「美田」、「時機」など。

14 **野見山朱鳥** のみやま・あすか（1917～1970）／福岡県生まれ。絵画を志すが胸を病んで断念、以降は句作に集中する。高浜虚子に師事、ホトトギス同人となる。昭和二十七年「菜殻火《ながらび》」を創刊主宰。句集は「曼珠沙華」「天馬」「荊冠《けいかん》」「運命」など。

15 **鈴木鷹夫** すずき・たかお（1928～）／東京生まれ。石田波郷、能村登四郎に師事。昭和六十二年、「門」を創刊主宰。「千年」で俳人協会賞受賞。そのほか句集には「渚通り」「大津絵」「春の門」「風の祭」などがある。日本ペンクラブ、日本文芸家協会会員。

16 **ふけとしこ** ふけ・としこ（1946～）／岡山県生まれ。俳画を始めた関連で俳句に興味を持つ。市村究一郎に師事。平成七年、「鎌の刃」三十句により俳壇賞受賞。十年、「船団の会」に参加、個人誌「ホタル通信」発行。句集に「真鍮」「伝言」「インコに肩を」などがある。

17 **高浜虚子** たかはま・きょし（1874～1959）／松山生まれ。正岡子規に師事。「ホトトギス」を主宰、客観写生・花鳥諷詠を主張し、俳句の普及と後輩の育成に努めた。河東碧梧桐の「新傾向」に「守旧派」として対抗した。句集には「五百句」など五句集のほか「贈答句集」がある。

18 **伊藤敬子** いとう・けいこ（1935～）／愛知県生まれ。十六歳で加藤かけいに師事。のち「天狼」にも参加。昭和五十年から四年間、奥の細道の旅を重ねる。五十五年「笹」を創刊主宰。五十八年、俳枕を訪ねての吟行。句集に「光の束」「尾州」「蓬左」「菱結」「存問」ほか。

19 舘岡沙緻 たておか・さち（1930〜）／東京生まれ。昭和四十二年より「春嶺」に投句。加畑吉男、岸風三楼に師事。平成四年「朝」入会、岡本眸に師事。十年「花暦」創刊主宰。句集に「柚」「曳舟」「遠き橋」「昭和ながかりし」「自註舘岡沙緻句集」がある。

20 鷹羽狩行 たかは・しゅぎょう（1930〜）／山形県生まれ。十五歳で俳句を始め、山口誓子・秋元不死男に師事。昭和五十三年、「狩」を創刊主宰。俳人協会会長。「誕生」で俳人協会賞、「十五峯」で蛇笏賞などを受賞。句集は「平遠」「十三星」「十六夜」のほか「海外吟／翼灯集」など。

21 坪内稔典 つぼうち・ねんてん（1944〜）／愛媛県生まれ。高校時代、伊丹三樹彦の「青玄」へ投句。昭和六十年、「船団の会」結成、代表となる。俳句を口誦の詩、片言の詩と見る立場を打ち出した。句集に「春の家」「落花落日」「猫の木」「百年の家」「ぽぽのあたり」「月光の音」など。

22 能村登四郎 のむら・としろう（1911〜2001）／東京生まれ。水原秋桜子に師事し、「馬酔木」同人。昭和四十五年に「沖」を創刊主宰。三十一年、現代俳句協会賞受賞。以降「天上華」で蛇笏賞、「長嘯」で詩歌文学館賞。ほかに「咀嚼音」「合掌部落」「芒種」など十三句集。

23 山尾玉藻 やまお・たまも（1944〜）／大阪生まれ。「火星」は昭和十一年、父岡本圭岳が創刊。師系は正岡子規。主宰を母岡本差知子から継承して、現在主宰。句集に「唄ひとつ」「鴨鍋のさめて」「かはほり」。夫は同じく俳人の岡本高明。

24 芝不器男 しば・ふきお（1903〜1930）／愛媛県生まれ。大学在学中に作句を始め、「ホトトギス」や「天の川」に投句。品格のある珠玉のような抒情俳句を残して、二十六歳の若さで夭折した。作句期間はわずか四年だった。「不器男句集」「定本芝不器男句集」がある。

25 小川軽舟 おがわ。けいしゅう（1961〜）／千葉県生まれ。昭和六十一年、「鷹」入会。平成十一年、同編集長。「近所」で俳人協会新人賞受賞。「魅了する詩型―現代俳句私論」で俳人協会評論新人賞受賞。十七年「鷹」主宰継承。句集はほかに「手帖」がある。

26 上田五千石 うえだ・ごせんごく（1933〜1997）／東京生まれ。秋元不死男に師事。「氷海」「子午線」同人を経て昭和四十八年「畦」を創刊主宰。俳句は「眼前直覚」、「われ」「いま」「ここ」を詠むものというのが信条。四十三年「田園」で俳人協会賞。句集に「森林」「風景」など。

27 長谷川櫂 はせがわ・かい（1954〜）／熊本県生まれ。俳句は平井照敏、のちに飴山實に学ぶ。平成五年、「古志」創刊主宰。俳論集「俳句の宇宙」でサントリー学芸賞、「虚空」で第一回中村草田男賞、読売文学賞受賞。句集はほかに「初雁」「松島」「果実」「新年」「富士」などがある。

28 渡辺白泉 わたなべ・はくせん（１９１３〜１９６９）／東京生まれ。「馬酔木」に投句、のち「句と評論」で頭角を現す。西東三鬼の斡旋により「京大俳句」へ。昭和十五年、検挙され執筆禁止を言い渡される。戦後は現代俳句協会創立時に会員となる。没後に「渡辺白泉全句集」刊行。

29 辻　桃子 つじ・ももこ（１９４５〜）／横浜生まれ。楠本憲吉のち波多野爽波に師事。高柳重信の「五十句競作」に入選。「俳句評論」に入会。昭和五十四年「鷹」入会、のち同人。六十二年「童子」創刊主宰。句集に「桃」「花」「童子」「ゑのころ」「雪童子」「龍宮」など。

30 正岡子規 まさおか・しき（１８６７〜１９０２）／伊予国（現松山市）生まれ。明治十六年、十六歳で上京。翌年東京大学予備門に入学（夏目漱石が同級）。のち日本新聞社に入社、「俳句欄」を担当。高浜虚子や河東碧梧桐らを育てた。「子規句集」のほか「墨汁一滴」など著書多数。

31 鷲谷七菜子 わしたに・ななこ（１９２３〜）／大阪市生まれ。昭和十七年、「馬酔木」に入会。二十六年からは「南風」にも参加、山口草堂に師事。五十九年から「南風」主宰に。「游影」で俳人協会賞、「晨鐘」で蛇笏賞。句集はほかに「黄炎」「銃身」「花寂び」「天鼓」など。

32 飴山　實 あめやま・みのる（１９２６〜２０００）／石川県生まれ。二十歳から「風」に投句。沢木欣一、原子公平、金子兜太、安藤次男らの句に魅かれる。のち無所属。山口大学を経て平成二年から関西大学工学部教授。句集に「おりいぶ」「少長集」「辛酉小雪」「次の花」「花浴び」。

33 秋元不死男 あきもと・ふじお（１９０１〜１９７７）／横浜生まれ。昭和十五年、西東三鬼らと「天香」を創刊。新興俳句弾圧事件で投獄される。二十三年「天狼」の創刊に同人参加。翌年「氷海」を創刊主宰。句集には獄中句集「瘤」のほか「街」「万座」「甘露集」がある。

34 後藤比奈夫 ごとう・ひなお（１９１７〜）／大阪府生まれ。三十五歳で父後藤夜半につき俳句を始める。同時に「ホトトギス」「玉藻」にも投句、高浜年尾、星野立子に師事。昭和五十一年、夜半逝去、「諷詠」主宰を継ぐ。句集は「初心」「祇園守」「花匂ひ」「めんない千鳥」など。

35 高野素十 たかの・すじゅう（１８９３〜１９７６）／茨城県生まれ。大正十二年「ホトトギス」に入会。高浜虚子から客観写生の第一人者と評価された。秋桜子、誓子、青畝と並ぶ四Ｓの一人。昭和三十二年「芹」を創刊主宰。句集に「初鴉」「雪片」「野花集」「空」などがある。

36 片山由美子 かたやま・ゆみこ（１９５２〜）／千葉県生まれ。鷹羽狩行に師事。「狩」同人。平成二年、第五回俳句研究賞、六年、「現代俳句との対話」で俳人協会評論新人賞を受賞。句集に「雨の歌」「水精」「天弓」「風待月」など。ほかに評論集、エッセイ集など著書多数。

37 川端茅舎 かわばた・ぼうしゃ（１８９７〜１９４１）／東京生ま

れ。洋画家を目指したが病弱のため画業を断念（川端龍子は異母兄）。俳句は中学時代から始め、「ホトトギス」「雲母」に投句。その凛然とした句境は「茅舎浄土」と呼ばれた。句集に「川端茅舎句集」「華厳」「白痴」など。

38 金子兜太 かねこ・とうた（１９１９〜）／埼玉県秩父生まれ。昭和十三年全国学生俳句誌「成層圏」に参加。「寒雷」に入会、加藤楸邨に師事。三十七年「海程」を創刊主宰。第一句集「少年」で現代俳句協会賞受賞。句集は「生長」「暗緑地誌」「遊牧集」「東国抄」「日常」など。

39 今井　聖 いまい・せい（１９５０〜）／新潟生まれ。昭和四十六年「寒雷」入会。加藤楸邨に師事。同編集部を経て平成八年「街」を創刊主宰。句集に「北限」「谷間の家具」「バーベルに月乗せて」。ほかに自伝小説「ライク・ア・ローリングストーン・俳句少年漂流記・」がある。

40 阿波野青畝 あわの・せいほ（１８９９〜１９９２）／奈良県生まれ。大正六年より高浜虚子に師事。秋桜子、誓子、素十とともに四Sと呼ばれ、大正末期から昭和初期にかけての「ホトトギス」の黄金時代を担った。「甲子園」で蛇笏賞。句集はほかに「萬両」「春の鳶」「紅葉の賀」など。

41 小澤　實 おざわ・みのる（１９５６〜）／長野市生まれ。大学在学中に宮坂静生に俳句の指導を受ける。昭和五十二年「鷹」入会。昭和六十年から平成十一年まで「鷹」編集長。平成十二年、「澤」を創刊主宰。「立像」で俳人協会新人賞。句集はほかに「砧」「瞬間」など。

42 平井照敏 ひらい・しょうびん（１９３１〜２００３）／東京生まれ。昭和三十四年、詩集「エヴァの家族」刊。俳句は四十年から。「寒雷」入会、同誌編集長に。四十九年「槇」を創刊主宰。「評論集「かな書きの詩」で俳人協会評論賞。句集に「猫町」「枯野」「春空」など。

43 杉田久女 すぎた・ひさじょ（１８９０〜１９４６）／鹿児島県生まれ。大正六年、「ホトトギス」に初投句。昭和七年、「花衣」を主宰するも五号にて廃刊に。十一年、虚子に忌避され「ホトトギス」を除名される。松本清張「菊枕」など久女をモデルにした小説も多い。「杉田久女句集」がある。

44 櫂未知子 かい・みちこ（１９６０〜）／北海道生まれ。「銀化」「里」同人。短歌から俳句へ転じる（短歌は「心の花」所属）。「貴族」「蒙古斑」などの句集のほか「食の一句」など著書多数。「季語の底力」で平成十六年、俳人協会評論新人賞受賞。神奈川大学講師。

45 小林一茶 こばやし・いっさ（１７６３〜１８２７）／江戸時代化政期の俳人。信濃柏原生まれ。継母に馴染めず十五歳で江戸へ。俳諧の修業を重ねたが、窮乏生活が続いた。継母と腹違いの弟との遺産相続争いが解決して五十一歳で郷里へ戻る。俳諧俳文集「おらが春」は五十七歳の作。

46 池田澄子 いけだ・すみこ（１９３６〜）／鎌倉市生まれ。昭和五十年、堀井鶏主宰「群島」に入会。六十年頃より三橋敏雄に私淑、のちに師事。「船団」「豈」「面」に所属。第三十六回現代俳句協会賞受賞。句集に「空の庭」「いつしか人に生れて」「ゆく船」「たましいの話」など。

47　芥川龍之介　あくたがわ・りゅうのすけ（1892～1927）／東京生まれ。小説家。「羅生門」発表後、夏目漱石門下に入り、「鼻」を絶賛される。凡兆や丈草などの古俳句を愛好し、繊細で洗練された都会的な句を作った。代表句集は厳選全七十七句の「澄江堂句集」。

48　加舎白雄　かや・しらお（1738～1791）／江戸深川に上田藩士の次男として生まれる。与謝蕪村とならび称される天明時代の俳人。能筆家としても知られる。二十歳の頃には僧侶を志したが三十代で俳諧の道に。生涯独身で清貧孤高、技巧を感じさせない繊細な句風で知られる。

49　西東三鬼　さいとう・さんき（1900～1962）／岡山県生まれ。俳句は三十二歳からと遅いスタートだった。日野草城、山口誓子に師事、京大俳句にも参加。新興俳句運動にも積極的に関わった。昭和二十七年「断崖」を創刊主宰。句集に「旗」「夜の桃」「今日」「変身」がある。

50　三橋鷹女　みつはし・たかじょ（1899～1972）／千葉県生まれ。「ホトトギス」四Tの一人。昭和四年「鹿火屋」に入会（五年後に退会）。昭和二十八年、高柳重信の強いすすめにより富沢赤黄男主宰の「薔薇」に同人参加、のち「俳句評論」創刊に同人参加。句集に「向日葵」「魚の鰭」「白骨」「羊歯地獄」「橅」。

51　中原道夫　なかはら・みちお（1951～）／新潟県生まれ。「馬酔木」編集長だった福永耕二より指導を受ける。昭和五十五年「沖」入会。第一句集「蕩児」で俳人協会新人賞、第二句集「顱頂」で俳人協会賞。平成十年「銀化」創刊主宰。句集はほかに「アルデンテ」「銀化」「歴草」「不覚」「巴芹」など。

52　茨木和生　いばらき・かずお（1939～）／奈良県生まれ。昭和三十一年「運河」、続いて「天狼」入会。平成三年、右城暮石より「運河」主宰を継承。「晨」・「紫薇」同人。「西の季語物語」で俳人協会評論賞、「往馬」で俳人協会賞受賞。句集に「木の國」「丹生」「山椒魚」など。

53　稲畑汀子　いなはた・ていこ（1931～）／横浜市生まれ。小学校の頃から祖父高浜虚子、父高浜年尾に俳句を学ぶ。昭和五十四年「ホトトギス」主宰継承。六十二年日本伝統俳句協会を設立、会長に。句集に「汀子句集」「汀子第二句集」「汀子第三句集」「障子明り」「さゆらぎ」など。

54　対馬康子　つしま・やすこ（1953～）／高松市生まれ。大学在学中に「麦」を主宰する中島斌雄に師事。東大学生俳句会に学外参加。平成二年、「天為」創刊と同時に入会。「麦」同人、「天為」同人・編集長。句集に「愛国」「純情」「吾亦紅」「天之」などがある。

55　岸本尚毅　きしもと・なおき（1961～）／岡山県生まれ。東大ホトトギス会に参加。赤尾兜子、波多野爽波に師事。俳誌「ゆう」に創刊参加。現在、俳誌「天為」、「屋根」同人。「舜」で俳人協会新人賞受賞、「俳句の力学」で俳人協会評論新人賞受賞。句集に「鶏頭」「氷」「健啖」「感謝」など。

56 上島鬼貫 うえじま・おにつら（１６６１〜１７３８）／摂津国伊丹郷（現伊丹市）生まれ。酒造家の三男。十三歳から俳句を始め、のち西山宗因の談林派に入門。蕉門の惟然や路通などとも交遊があり、松尾芭蕉とも親交を持つ。句集のほか随筆風俳論書「独《ひとり》ごと」が人気を集めた。

57 三橋敏雄 みつはし・としお（１９２０〜２００１）／東京生まれ。昭和十二年渡辺白泉の「風」に参加、西東三鬼にも学ぶ。戦後は「天狼」「面」「俳句評論」同人。平成元年「畳の上」で蛇笏賞受賞。句集はほかに「まぼろしの鱶」「真神」「巡礼」「太古」「長寿」「しだらでん」など

58 大串　章 おおぐし・あきら（１９３７〜）／佐賀県生まれ。昭和三十四年、「濱」入会。「朝の舟」で俳人協会新人賞受賞。平成六年「百鳥」創刊主宰。評論集「現代俳句の山河」で俳人協会評論賞、「大地」で俳人協会賞受賞。句集にはほかに「山童記」「百鳥」「天風」「山河」などがある。

59 飯田龍太 いいだ・りゅうた（１９２０〜２００７）／山梨県生まれ。昭和二十二年、父飯田蛇笏の主宰する「雲母」の編集にあたる。三十二年現代俳句協会賞受賞。蛇笏没後「雲母」主宰を継承。平成四年「雲母」終刊。句集に「百戸の谿」「麓の人」「忘音」「山の影」「遅速」など。

60 星野立子 ほしの・たつこ（１９０３〜１９８４）／東京生まれ。高浜虚子の二女。大正十五年、父のすすめにより「ホトトギス」へ投句。昭和五年、初の女流主宰雑誌「玉藻」創刊。「ホトトギス」女流俳人四Tの一人。句集に「立子句集」「鎌倉」「続立子句集第一・第二」「笹目」「春雷」などがある。

61 眞鍋呉夫 まなべ・くれお（１９２０〜）／福岡県生まれ。作家・俳人。同郷の壇一雄を頼って上京、その後三十年にわたって兄事。第二句集「雪女」で読売文学賞などを受賞、平成二十二年「月魄」で蛇笏賞。句集にはほかに「花火」「眞鍋呉夫集」がある。同人誌「紫薇」所属。

62 角川春樹 かどかわ・はるき（１９４２〜）／富山県生まれ。父は角川書店創業者、俳人の角川源義。「信長の首」で俳人協会新人賞、「流され王」で読売文学賞、「花咲爺」で蛇笏賞を受賞。平成十八年「河」主宰を継承。句集には「カエサルの地」「海鼠の日」「檻」「存在と無」などがある。

63 田中裕明 たなか・ひろあき（１９５９〜２００４）／大阪市生まれ。「青」に参加、波多野爽波に師事。角川俳句賞を最年少で受賞。平成十二年「ゆう」を創刊主宰。没後、若手俳人を対象とする「田中裕明賞」が創設される。句集は「花間一壺」「先生から手紙」「夜の客人」など。

64 坂巻純子 さかまき・すみこ（１９３６〜１９９６）／千葉県生まれ。昭和四十二年から能村登四郎に師事、「沖」創刊に参加。「花呪文」で俳人協会新人賞受賞。句集はほかに「新絹」「夕髪」「小鼓」がある。享年六十歳。「露の世のこよなき弟子を見送りし」

は能村登四郎が詠んだ作者への追悼句。

65 **日野草城** ひの・そうじょう（1901〜1956）／東京生まれ。十六歳から俳句に親しみ、二十一歳で「ホトトギス」の巻頭を取り注目される。昭和十年「旗艦」創刊主宰。肺結核で病床にあったが、戦後「青玄」を創刊主宰。句集に「草城句集（花氷）」「青芝」「昨日の花」など。

66 **大西泰世** おおにし・やすよ（1949〜）／兵庫県生まれ。川柳作家。スナックの「文庫ヤ」のママをやりながら関西学院大学、兵庫県立大学で講師を務める。日本ペンクラブ会員。句集に「椿事」「世紀末の小町」「こいびとになってくださいますか」。ほかに共著多数。

67 **安住 敦** あずみ・あつし（1907〜1988）／東京生まれ。「若葉」「旗艦」を経て昭和二十年、久保田万太郎に主宰を懇請して「春燈」を創刊。同編集人となる。万太郎没後、主宰を継承。「春夏秋冬帖」で日本エッセイストクラブ賞受賞。「午前午後」ほかで第六回蛇笏賞受賞。

68 **正木ゆう子** まさき・ゆうこ（1952〜）／熊本市生まれ。能村登四郎に師事。俳論集「起きて、立って、服を着ること」で第十四回俳人協会評論賞、句集「静かな水」で第五十三回芸術選奨文部科学大臣賞受賞。句集はほかに「水晶体」「悠HARUKA」「夏至」など。

69 **岡本 眸** おかもと・ひとみ（1928〜）／東京生まれ。富安風生、岸風三楼に師事。第一句集「朝」で俳人協会賞。昭和五十五年「朝」を創刊主宰。「午後の椅子」で蛇笏賞、毎日芸術賞受賞。句集に「冬」「二人」「十指」「手が花に」「母系」「流速」など。俳句入門書などの著書多数。

70 **大木あまり** おおき・あまり（1941〜）／東京都生まれ。昭和四十六年「河」、その後「人」へ入会（数年後無所属）。平成二年、長谷川櫂らと同人誌「夏至」を刊行。「古志」「梟」を経て再度無所属に。十五年「ミントの会」発足。句集に「山の夢」「火のいろに」「雲の塔」「火球」。

71 **井上 雪** いのうえ・ゆき（1931〜1999）／金沢市生まれ。十七歳で「風」へ入会。四十一歳「雪垣」創刊に参加。角川俳句賞次点二回。「金沢の風習」「北陸に生きる女」「北陸の古寺」「加賀の田舎料理」など北陸の風土を題材にしたエッセイなど著書多数。句集は「素顔」「白絣」「和光」。

72 **柿本多映** かきもと・たえ（1928〜）／滋賀県生まれ。昭和二十二年短歌を始める。結婚後短歌を止め俳句へ。五十二年「渦」、五十六年「白燕」入会。五十七年「草苑」「犀」入会。六十三年、現代俳句協会賞受賞。句集に「夢谷」「蝶日」「花石」「白體」「肅祭」など。

73 **村上鬼城** むらかみ・きじょう（1865〜1938）／鳥取藩江戸藩邸で生まれる。子規に教えを受け、のち「ホトトギス」同人となる。重度の聴覚障害であり、自らの人生への諦念や弱者に同情を寄せる句が評価され「境涯の俳人」と呼ばれる。大須賀乙字編による「鬼城句集」がある。

74 西宮　舞　にしみや・まい（１９５５〜）／三重県生まれ。昭和五十四年、「狩」創刊より入会。平成元年、狩同人。六年弓賞（狩特別作品賞）受賞。十四年句集「千木」にて俳人協会新人賞受賞。九年よりＮＨＫ学園俳句講座講師。句集に「夕立」「花衣」がある。

75 鳥居真里子　とりい・まりこ（１９４８〜）／昭和六十二年「門」入会。鈴木鷹夫は義兄にあたる。平成九年「船団」入会。第十二回俳壇賞、第八回加美俳句大賞受賞。現在「門」「船団」同人。句集に「鼬の姉妹」「月の茗荷」がある。

76 中村汀女　なかむら・ていじょ（１９００〜１９８８）／熊本県生まれ。大正七年より句作を始め、結婚出産で中断、昭和七年に再開。九年「ホトトギス」同人。二十二年、「風花」を創刊主宰。「ホトトギス」女流俳人四Ｔの一人。句集に「春雪」「花影」「都鳥」「紅白梅」「汀女句集」など。

77 高屋窓秋　たかや・そうしゅう（１９１０〜１９９９）／名古屋市生まれ。二十歳で水原秋桜子に師事、「馬酔木」同人となる。新興俳句の先駆者。清新な抒情と鋭敏な感性による句が注目を集めた。戦後は「天狼」「俳句評論」「未定」同人。句集に「白い夏野」「河」「石の門」「花の悲歌」などがある。

78 松尾芭蕉　まつお・ばしょう（１６４４〜１６９４）／伊賀国上野（現三重県伊賀市）生まれ。貞門派、談林派を経て、延宝六年（一六七八年）に江戸で宗匠となる。しばしば旅に出て「野ざらし紀行」「奥の細道」などの紀行文を残した。芭蕉一門の句を集めた「俳諧七部集」がある。

79 水原秋櫻子　みずはら・しゅうおうし（１８９２〜１９８１）／東京生まれ。大正八年から「ホトトギス」へ投句。山口誓子らと東大俳句会を結成。「馬酔木」に「自然の真と文芸上の真」を発表し、主観の大切さを表明して「ホトトギス」を離脱。のち「馬酔木」主宰に。句集に「葛飾」「霜林」「帰心」など。

80 藤田湘子　ふじた・しょうし（１９２６〜２００５）／神奈川県小田原生まれ。十七歳で「馬酔木」入会、水原秋櫻子に師事、石田波郷に兄事。「馬酔木」編集長を経て、昭和三十九年「鷹」創刊に参加、のち主宰に。三年間にわたっての「一日十句」は話題を呼んだ。句集に「途上」「春祭」「神楽」など。

81 橋本多佳子　はしもと・たかこ（１８９９〜１９６３）／東京生まれ。杉田久女に俳句の手ほどきを受け、「ホトトギス」に投句。四Ｔの一人。その後山口誓子に師事し、「馬酔木」同人。昭和二十三年より「天狼」に同人として参加。二十五年「七曜」主宰。句集は「海燕」「紅絲」「命終」など。

82 福永耕二　ふくなが・こうじ（１９３８〜１９８０）／鹿児島県生まれ。高校時代から「馬酔木」に投句、三十二歳で同誌編集長に。「踏歌」で俳人協会新人賞受賞。句集に「鳥語」「踏歌」。代表句「新宿はるかなる墓碑鳥渡る」を詠んだ二年後に四十二歳の若さで亡くなった。

83 宇多喜代子　うだ・きよこ（１９３５〜）／山口県生まれ。遠山麦浪に師事、のち桂信子の「草苑」に参加し、編集長を務める。

昭和五十七年、現代俳句協会賞受賞。「象」で蛇笏賞。平成十八年、現代俳句協会会長となる。句集に「りらの木」「夏の日」「半島」「夏月集」などがある。

84　森　澄雄　もり・すみお（1919〜2010）／長崎市生まれ。加藤楸邨に師事、「寒雷」に創刊参加。昭和四十五年「杉」を創刊主宰。「鯉素」で読売文学賞、「四遠」で蛇笏賞受賞。平成十七年、文化功労者に。句集に「雪礫」「花眼」「浮鷗」「游方」「所生」「餘日」「深泉」などがある。

85　鍵和田秞子　かぎわだ・ゆうこ（1932〜）／神奈川県生まれ。井本農一に俳文学を学ぶ。昭和三十八年「萬緑」に入会。「未来図」で第一回俳人協会新人賞、「胡蝶」で俳人協会賞受賞。五十九年「未来図」を創刊主宰。句集はほかに「浮標」「飛鳥」「武蔵野」「光陰」「風月」など。

86　菊田一平　きくた・いっぺい（1951〜）／宮城県気仙沼市生まれ。「や」「蒐」「晨」各同人。「俳句　唐変木」代表。けせんぬま三陸リアス観光大使。現代俳句協会会員。句集に「どつどどどう」「百物語」がある。

87　富安風生　とみやす・ふうせい（1885〜1979）／愛知県生まれ。大正八年より高浜虚子に師事。昭和三年、逓信省内の俳句雑誌「若葉」の雑詠欄の選者となり、後に主宰となる。毎年夏には山中湖、河口湖を訪れて句作。句集に「草の花」「喜寿以後」「傘寿以後」「米寿前」などがある。

88　斎藤　玄　さいとう・げん（1914〜1980）／函館市生まれ。昭和十二年、「京大俳句」に参加。西東三鬼らの指導を受ける。のち「鶴」へ投句。十五年、「壺」創刊主宰。晩年は入退院を繰り返すが、この間の句集「雁道」で蛇笏賞受賞。句集はほかに「舎木」「狩眼」「玄」など。

89　石田波郷　いしだ・はきょう（1913〜1969）／愛媛県生まれ。水原秋桜子に師事。昭和八年、「馬酔木」最年少の同人に。十二年、俳誌「鶴」創刊、主宰となる。三十年、「定本石田波郷全句集」により第六回読売文学賞受賞。句集は「鶴の眼」「惜命」「酒中花」ほか八冊。

90　飯島晴子　いいじま・はるこ（1921〜2000）／京都府生まれ。能村登四郎に師事、昭和三十五年から「馬酔木」へ投句を始める。三十九年に「鷹」へ創刊に同人として参加。句集「儚々（ぼうぼう）」で蛇笏賞。ほかに「蕨手」「朱田」「寒晴」「平日」など七句集がある。

91　右城暮石　うしろ・ぼせき（1899〜1995）／高知県生まれ。「倦鳥」に入会、松瀬青々に師事。昭和二十一年「青垣」「風」に同人参加、のち「天狼」同人。三十一年「運河」主宰。「上下」で蛇笏賞。句集に「声と声」「虻峠」「散歩圏」など。

92　中村苑子　なかむら・そのこ（1913〜2001）／静岡県伊豆生まれ。「馬酔木」「鶴」などへ投句、のち「春燈」へ入会。昭和三十三年、高柳重信と「俳句評論」を創刊。現代俳句協会賞、「水妖詞館」で現代俳句女流賞、「吟遊」で蛇笏賞受賞。ほか句集は「花狩」「花隠れ」など。

93　高柳克弘　たかやなぎ・かつひろ（１９８０〜）／静岡県生まれ。「鷹」に入会、藤田湘子の指導を受ける。平成十七年、湘子逝去。新主宰の小川軽舟のもと編集長に就任。俳句研究賞受賞。句集「未踏」で第一回田中裕明賞受賞。「凜然たる青春」「芭蕉の一句」などの著書がある。

94　黛まどか　まゆずみ・まどか（１９６２〜）／神奈川県生まれ。平成六年、「B面の夏」五十句で角川俳句賞奨励賞受賞。八年、「東京ヘップバーン」創刊主宰（十八年、通巻百号を機に終刊）。「京都の恋」で山本健吉文学賞受賞。句集に「夏の恋」「花ごろも」「くちづけ」「忘れ貝」など。

95　木下夕爾　きのした・ゆうじ（１９１４〜１９６５）／広島県生まれ。詩人、俳人。昭和十五年詩集「田舎の食卓」で文芸汎論詩集賞を受賞。二十四年、詩誌「木靴」を主宰。俳句は久保田万太郎に師事。「春燈」同人。詩集に「生れた家」「昔の歌」、句集に「遠雷」など。

96　山口誓子　やまぐち・せいし（１９０１〜１９９４）／京都市生まれ。昭和初期に「ホトトギス」雑詠欄の新鋭として注目される。昭和十年「馬酔木」に同人参加。二十三年「天狼」を創刊主宰。平成四年、文化功労者顕彰。句集は「凍港」「激浪」「遠星」「方位」ほか十六冊。

97　寺山修司　てらやま・しゅうじ（１９３５〜１９８３）／青森県生まれ。歌人、劇作家。早稲田大学在学中に「短歌研究」新人賞受賞。以後、詩、戯曲、批評、映画など幅広いジャンルで活躍した。昭和四十二年、演劇実験室「天井桟敷」を結成。句集に「花粉航海」「わが金枝篇」など。

98　時実新子　ときざね・しんこ（１９２９〜２００７）／岡山市生まれ。川柳作家。川上三太郎に師事。女の情念を激しく表現したその作風から「川柳界の与謝野晶子」と呼ばれる。句集「有夫恋」はベストセラーとなった。このほか句集には「新子」「猫の花」「愛走れ」など。

99　澁谷　道　しぶや・みち（１９２６〜）／京都市生まれ。昭和二十三年「天狼」に投句開始。橋閒石に連句を学ぶ。「夜盗派」「縄」などを経て五十二年「海程」に同人参加。「紫微」創刊代表。現代俳句協会賞、現代俳句大賞受賞。句集に「嬰」「桜騒」「縷紅集」「紫薇」「鵯草紙」など。

100　久保田万太郎　くぼた・まんたろう（１８８９〜１９６３）／東京浅草生まれ。小説家・劇作家。「俳句は余技」と称していたが、その洗練された句風は他の追随を許さない。昭和二十一年、安住敦の擁立により「春燈」主宰に。句集に「道芝」「ももちどり」「草の丈」「流寓抄」ほか。

著者略歴――――

ひらのこぼ

昭和23年京都生まれ。大阪大学工学部卒業。汽船会社設計部を経て、昭和48年、広告制作会社へコピーライターとして入社。奈良市在住。平成10年、銀化（中原道夫主宰）に入会、現在銀化同人。俳人協会会員。既刊『俳句がうまくなる100の発想法』『俳句がどんどん湧いてくる100の発想法』『俳句発想法100の季語』（いずれも草思社刊）は従来にない斬新な方法論の入門書として好評を博している。

俳句名人になりきり
100の発想法

2010年 10月25日 第1刷発行

著　者 ひらのこぼ
装丁者 前橋隆道／千賀由美
発行者 藤田　博
発行所 株式会社 草思社
〒170-0002 東京都豊島区巣鴨4-7-5
電話 営業 03(3576)1002 編集 03(3576)1005
振替 00170-9-23552

印　刷 株式会社三陽社
カバー 株式会社栗田印刷
製　本 株式会社坂田製本

ISBN978-4-7942-1783-7 Printed in Japan 検印省略

http://www.soshisha.com/